ANA MARIA SANTOS

SANTO DESEJO

ANA MARIA SANTOS

SANTO DESEJO

1ª EDIÇÃO
2019

PandorgA
NACIONAL

Direção Editorial
Silvia Vasconcelos
Produção Editorial
Juliana Santoros Miranda
Foto
André F. Nakaraha
Revisão
Gabriela Peres
Projeto Gráfico e Diagramação
Cristiane Saavedra | cs edições
Capa
Nest Comunicação
Cristiane Saavedra | cs edições
Apoio
Brasil Benefícios
Bright Side Candles
Colaboração
Alessandra Monegati
Amanda Monegati

Texto de acordo com as normas do Novo Acordo Ortográfico da Língua Portuguesa (Decreto Legislativo nº 54, de 1995)

Dados Internacionais de Catalogação na Publicação (CIP)
TuxpedBiblio (São Paulo, SP)
Ficha elaborada pelo bibliotecário Vagner Rodolfo da Silva - CRB-8/9410

S237s Santos, Ana Maria

Santo Desejo / Ana Maria Santos. – 1.ed. São Paulo: Pandorga, 2019.

192p.; 16x23 cm.

ISBN: 978-85-8442-460-3

1. Literatura brasileira. 2. Contos. 3. Sexo. 4. Erótico. 5. Romance. 6. Hot. I. Título.

CDD 869.8992301
CDU 821.134.3(81)-34

Índice para catálogo sistemático:

1. Literatura brasileira : Contos 869.8992301
2. Literatura brasileira : Contos 821.134.3(81)-34.

2019
IMPRESSO NO BRASIL
PRINTED IN BRAZIL
DIREITOS CEDIDOS PARA ESTA EDIÇÃO À
EDITORA PANDORGA
RODOVIA RAPOSO TAVARES, KM 22
GRANJA VIANA – COTIA – SP
Tel. (11) 4612-6404

WWW.EDITORAPANDORGA.COM.BR

Aos que desejam e se deixam desejar!

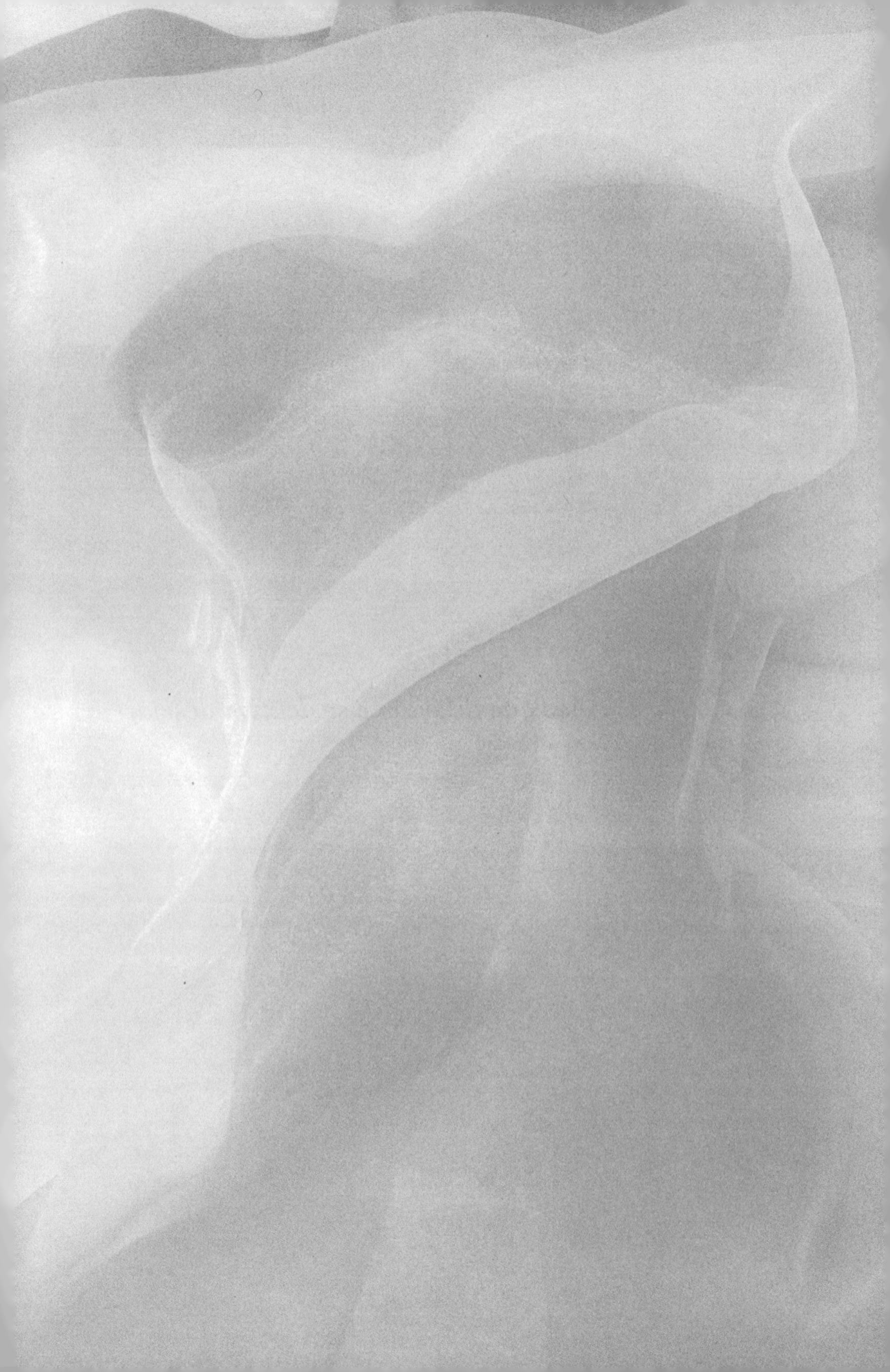

MEU PRIMEIRO VIBRADOR

EU NUNCA HAVIA PISADO EM UM SEX SHOP e, devo confessar, não foi exatamente como eu esperava. Ou, melhor dizendo, eu não contava com algumas surpresas.

Para começar, depois da decisão tomada, faltou coragem e fui adiando: amanhã eu vou; depois, passava para o amanhã seguinte! E, assim, o "amanhã" nunca chegava. Mas, em um sábado à tarde, enquanto eu fazia as unhas, disse pra mim mesma: é hoje!

Depois do meu autoultimato, não prestei mais atenção ao que a manicure estava falando; fiquei matutando em qual sex shop eu iria, como seria entrar no lugar, qual vibrador eu escolheria. Já havia pesquisado na internet: havia uma grande variedade de modelos.

Quando me dei conta, as unhas já estavam feitas. Paguei pelo serviço e mãos à obra. No celular, chequei o endereço. Havia um sex shop mais ou menos perto dali, localizado em uma grande avenida. Tive receio de ser vista entrando ou saindo do local. Estava cogitando desistir quando me chamei nos brios: você é uma mulher ou uma besta quadrada?

É claro que fiquei tentada a responder "besta quadrada", mas respirei fundo e segui em frente com o meu propósito.

Chamei um táxi pelo aplicativo. Tive um cuidado que julguei muito importante: em vez do endereço do sex shop, coloquei o destino como sendo cem metros antes do meu alvo. Afinal, por que o motorista precisava saber aonde eu iria?

Durante o trajeto, só para vocês imaginarem o tamanho da minha agonia, confesso que tive vontade de me jogar daquele carro em movimento. Mas, antes disso, chegamos ao local.

O táxi mal havia parado e já desci, afobada.

Caminhei olhando com desconfiança para os dois lados da rua.

Enfim, eu estava lá, em frente a um sex shop!

Primeira surpresa do dia: a porta estava fechada! Ah, é isso mesmo, não pensem que a porta fica escancarada para qualquer um entrar. Em desespero, toquei a campainha e, para minha sorte, abriram na sequência. Pulei para dentro rapidamente como uma gatuna. Senti um alívio incrível quando me vi longe dos olhares dos passantes da rua.

A loja funcionava em uma casa enorme.

Isso deve dar um baita dinheiro, viu!, pensei enquanto meus olhos corriam de um lado para o outro colhendo as primeiras impressões.

Logo na entrada, um ambiente colorido, havia uma imensidão de roupinhas provocantes. Desde as mais conhecidas, como mulher maravilha, enfermeira, mulher gato, até lingeries sofisticadas de todas as cores e modelitos variados.

Uma moça sorridente me cumprimentou e quis saber o que eu estava procurando. Respondi bem baixinho: um vibrador. A funcionária da loja não conseguiu entender. Repeti.

Ela apontou o caminho em direção do que, nas palavras dela, era o "verdadeiro paraíso".

Então, saí do ambiente das roupinhas e passei para um espaço ainda maior, que funcionava como um showroom. Havia de tudo um pouco, incluindo uns pintos de borracha enormes, mas enormes mesmo! Alguns deviam ter uns quarenta centímetros, quem sabe, mais!

Percebi que falar em pequeno, médio e grande era coisa do passado. Muito provavelmente, o menor pinto de borracha já começava a partir do tamanho extragrande! Depois, viria o extra-extragrande, jumbo, superjumbo... Uma coisa mais ou menos assim.

Próximo aos pênis, também feitos de borracha e igualmente enormes, havia antebraços com punho e mão em riste, como se estivessem apenas esperando por uma vagina gigante para entrar em ação.

Será que alguém compra essas coisas ou é só uma brincadeirinha da loja?

Do lado esquerdo ficava a sala do tal paraíso, dedicada exclusivamente aos vibradores. A funcionária havia dito para que eu ficasse à vontade; ela já voltaria para me ajudar.

Entrei no éden. Mas, se vocês querem saber, aquele lugar me pareceu muito mais o inferno e suas certeiras tormentas!

Quis gritar, sair correndo! Mas as minhas pernas começaram a tremer, indicando que me deixariam na mão; parecia que eu ia desmaiar.

Gente do céu, vocês não imaginam quem estava lá na sala dos vibradores!

Nem se eu desse um milhão de chances vocês acertariam. Então, nem tentem descobrir.

Acreditem, minha *avó* estava lá!

É isso mesmo, exatamente o que vocês acabaram de ler: minha avó! A mãe da minha mãe!

Vó Cida estava toda sorridente com um vibrador cor-de-rosa nas mãos. Uma funcionária estava lhe dando algumas explicações sobre as maravilhas proporcionadas pelo brinquedo.

Meu pensamento ficou confuso, tudo o que eu queria era um buraco bem grande para me esconder. Na falta de um, uma porta para eu sair de fininho, antes que ela me visse, também resolveria!

Não deu tempo!

Ela virou o rosto para o meu lado e ficamos cara a cara.

Não havia mais o que fazer!

Que situação, meu Deus do céu!

E que vocês não se enganem pensando que ela ficou minimamente constrangida, muito pelo contrário. Vovó Cida se apressou na minha direção, enquanto eu obviamente fiquei paralisada. Nós nos abraçamos e ela, demonstrando enorme desenvoltura no lugar, me puxou pelo braço e me apresentou à vendedora.

— Valesca, esta é minha neta, Fernanda. Pode chamá-la de Nanda.

Valesca me cumprimentou com festa e tratou de se fazer de íntima no mesmo instante.

— Então, Nandinha, do que você está precisando?

Graças ao bom Deus, não precisei responder, porque a vó Cida começou a me mostrar o brinquedinho e a repetir o que a vendedora estava lhe falando quando entrei na sala

Era um vibrador rotativo Jack Rabbit. Tinha inúmeras funções, incluindo, é claro, o estimulador clitoriano!

Pela ênfase que ela deu ao mencionar "estimulador clitoriano", ficou evidente de que se tratava de um recurso importante.

E tinha mais: o Jack Rabbit era o último modelo, coisa *fashion* mesmo, tinha até pedrinhas de strass.

Pedrinhas de strass?!

Ah, não pude evitar e, automaticamente, minha memória trouxe uma canção que minha avó cantava para mim quando eu era criança.

"Se essa rua
Se essa rua fosse minha
Eu mandava
Eu mandava ladrilhar
Com pedrinhas
Com pedrinhas de brilhantes
Para o meu
Para o meu amor passar"

Não sei nada sobre as avós de vocês, se elas costumam ir ao sex shop comprar vibradores rosa-choque ou fazer bolinhos de chuva, mas não me pareceu nada trivial uma neta e a avó discutindo tamanhos e cores de pintos movidos a pilha!

Enfim, tudo o que eu menos queria era constranger ou chatear minha vovó amada. Entrei no clima, até porque eu não tinha uma alternativa melhor, ela havia acabado de colocar o Jack Rabbit nas minhas mãos para que eu "sentisse".

Não posso mentir para vocês: fiquei entusiasmada assim que segurei o danado. Esquecendo a cor, os strass e outros detalhes, que começaram a me parecer completamente insignificantes, o Jack tinha um formato muito similar a um pênis de verdade. Adorei a cabecinha, que de "inha" não tinha nada. Pelo contrário: era bem robusta e igualzinha à ponta de um pau bem duro e gostoso. Ai, Jesus!

Constrangimento superado, só sei que depois de alguns minutos, Valesca, vó Cida e eu estávamos nos divertindo muito. A Valesca havia colocado uma imensidão de vibradores sobre o balcão. Discutimos animadamente sobre os benefícios de cada um. Como novata, não pude contribuir muito, mas de uma coisa eu tinha certeza: queria um vibrador de tamanho padrão. E havia uma razão para eu excluir os grandalhões.

Vovó Cida, não escondendo a curiosidade, quis saber o motivo. Valesca também se mostrou interessada. Então, fez-se um silêncio com quatro olhos atentos sobre mim, aguardando pelos meus segredos.

Era preciso explicar alguns detalhes. Eu estava com 21 anos. Minha primeira relação tinha sido aos 17, um mês antes de eu completar 18 anos. Foi bom, mas nada superespecial.

A partir da perda da minha virgindade, descobri que havia fogo adormecido dentro de mim. Meu corpo se transformou em um vulcão em constante erupção.

Percebi que, se dependesse de mim, eu transaria todo santo dia. E, no melhor dos mundos, de manhã e à noite.

Fiquei dois anos com meu primeiro namorado. Ele era um ano mais velho que eu e também estava com os hormônios tinindo. Transávamos várias vezes por semana, mas acontece que ele gozava mais rápido do que eu desejava. Ao longo do namoro, tenho que admitir, ele melhorou o seu tempo, mas jamais seria um maratonista.

Então, conheci o Pedro. Rapaz magro, com cara de CDF e um pouquinho tímido. A mesma descrição servia para mim, com uma diferença: eu era muito mais tímida. Não do tipo sonsa, acho que mais para insegura.

Enfim, começamos a sair: cinema, lanchonete, show... E, em um fim de semana em que os pais dele estavam na praia, assistimos a um filme no quarto dele.

Vou dizer uma coisa para vocês: a natureza realmente gosta de aprontar para cima das pessoas. Quando é que eu poderia imaginar que aquele magricela sem graça teria um pinto daquele tamanho?! Enoooorme!

Certamente ele não faria feio se estivesse exposto no showroom do sex shop. Não era nada do tipo bizarro, é claro, mas era uma imensidão!

E não era só isso: além de grande, era bem grosso. Tudo bem que eu não tinha visto muitos pênis por aí, mas tinha certeza de que o pinto do Pedro estava muito além das medidas convencionais.

Ele se revelou um trepador infinitamente mais competente do que meu primeiro namorado. Preliminares, carícias, posições, duração... Só havia um porém: o pau grande demais! Mas preciso esclarecer uma coisa: era uma delícia sentir aquele pau duro e grosso entrar dentro de mim. Era uma invasão! Eu sentia minha vagina se expandir para receber tudo aquilo. Em certas posições, eu precisava colocar as minhas duas mãos na base do abdômen dele, o que funcionava como um freio; do contrário, o desconforto superaria o prazer. Mas, em outras posições, funcionava muito bem e eu deixava entrar tudinho. Gozava loucamente.

Acontece que, não raro, depois da sessão de sexo com aquele pinto animal, precisei ir ao médico. Diagnóstico: infecção na urina. Aí, tinha que fazer tratamento com antibiótico. Lá se iam sete dias de medicamento detonando o meu estômago.

Minha vida sexual virou uma loucura. A cada dia eu gostava mais de sexo, amava ir para cama com o Pedro e seu pau de arrebentar quarteirão, mas não aguentava mais tratar infecção urinária. Mesmo assim, fiquei um ano inteiro dando para ele.

Havia seis meses que tínhamos parado de sair. Depois disso, nada mais de interessante aconteceu. Eu estava subindo pelas paredes, mas nem que eu quisesse poderia voltar a sair com o Pedro: ele estava namorando e não dava mais a menor bola para mim!

Durante aqueles meses, conheci um rapaz na academia. O Júlio tinha 42 anos, exatamente o dobro da minha idade.

Na minha santa inocência, achei estranho ele se interessar por mim, fazia muito mais sentido ele paquerar uma mulher com idade semelhante à dele. Mas isso não era necessariamente um problema para mim. Até porque um homem com mais de quarenta, a princípio, já seria um expert nos assuntos sexuais. E o problema mesmo era a vontade louca de dar que eu estava. Sem falar que o Júlio era bonitão e sarado. Logo, pensei: esse cara é sucesso na certa!

Ainda não havíamos ido para cama, mas decepções se anteciparam.

Certo dia, quando cheguei à academia, vi Júlio conversando com um fulano. Ouvi parte da conversa. Em um dos trechos, eles falavam sobre uma moça que havia acabado de passar por eles.

— Essa aí eu já cansei de pegar. Tô passando para frente!

O amigo gargalhou.

Ele não percebeu que eu havia ouvido sua conversinha ridícula de comedor de meia-tigela.

A frase ficou ecoando na minha cabeça: "Essa aí eu já cansei de pegar."

Como um homem daquela idade poderia usar uma linguagem como aquela, no máximo aceitável na boca de um adolescente? *Pegar?!* Não, aquilo era demais!

E o "Tô passando para frente!"?

Quem ele pensava que era?

Achei aquilo o fim do mundo!

E não foi só isso que me irritou. O Júlio fazia questão de se expressar como um garotão, e não como o homem adulto que era, pelo menos em idade cronológica.

Aquilo também era o fim do mundo!

A frase martelou mais uma vez na minha cabeça: "Essa aí eu já cansei de pegar. Tô passando para frente!"

Jesus, por favor, mande essa cara calar a boca!

Não descartei a paquera completamente, mas também não investi mais.

Minha mãe sempre repetiu que eu levava as coisas muito a sério, que eu era muito velha para minha idade.

Mas minha mãe estava errada, meu comportamento era compatível com os meus 21 anos. O estranho era um homem de mais de quarenta agir como se tivesse vinte.

Tentei absorver algum aprendizado nas palavras da minha mãe, mas eu tinha minha própria teoria sobre gente adulta agindo de forma abestalhada: no passado, aos quarenta ou cinquenta anos, a pessoa já estava velha. Aos sessenta, nem se fala, o pobre diabo já estava esperando a senhora morte chegar. Agora, vivendo até bem depois dos oitenta, percebo que muitos homens se dão uma segunda adolescência. Isso mesmo, aos quarenta, cinquenta, eles passam por uma metamorfose e se transformam em garotões. Disparam para todos os lados e, quem cair na rede, é peixe! E não só isso: muitos já foram casados e, uma vez separados, passam a se vestir, agir e se expressar como os próprios filhos adolescentes!

É muito patético, mas também, engraçado!

Nada como ver um homem, que acha que está abafando, fazendo papel de tigrão. Vira piada, né?

Eu sei, eu sei, nós vivemos no tempo da imposição da felicidade. E, nesse sentido, vamos deixar esses bobalhões serem felizes ao modo deles.

Afinal, a vida passa rápido, né?

E porque a vida passa rápido e aquela noite de sexta-feira estava chuvosa, e porque eu estava sozinha, pensando no pinto do Pedro e prestes a ter uma convulsão, quando o Júlio me ligou perguntando "E aí, gata, vamos ver um filme?", eu topei.

Ele me pegou em casa e fomos para o apartamento dele, um lugar pequeno e bem ajeitado. Descolado como o dono também pretendia ser.

Ele abriu um vinho, começamos a pesquisar alguns filmes na TV. Enrolação pura, sabíamos que em alguns minutos estaríamos protagonizando nosso filminho pornô.

Beijo vai, beijo vem, ele tirou a minha roupa e fomos para cama. Mas não vou perder o tempo de vocês dando detalhes sobre uma trepada de quinta categoria. Sujeito fraquinho, fraquinho!

Foi inevitável pensar na maldita frase: "Essa aí eu já cansei de pegar!"

Depois de ir para cama com ele, dei nova interpretação à fala. "Cansei de pegar"? É verdade, ele se cansava bem rapidinho, apesar do corpão, resultado de treino pesado todos os dias, ele não dava conta de uma trepada digna do nome.

"Pegar"? Coitado, ele não sabia o significado da palavra, não tinha noção do que é pegar, tocar com propriedade o corpo de uma mulher. Habilidade nota zero.

Ai, que preguiça!

Sinceramente?

Cansei!

Resultado: enquanto eu estava na entressafra, sem um homem e sem um amor que me satisfizessem na cama e no coração, decidi comprar um vibrador e trabalhar sozinha.

Se era para sair por aí, pegando e sendo pega por um e outro – vivendo o momento, como dizem –, eu preferia ficar na minha, com meu brinquedinho.

Voltando ao sex shop: quando terminei de contar os detalhes da minha vida amorosa, Valesca e vó Cida balançaram a cabeça com ar grave, demonstrando que compreendiam o que eu havia dito e, mais do que isso, concordavam. Elas concluíram que um Jack Rabbit atenderia inteiramente às minhas expectativas. Aceitei a sugestão.

Vovó Cida fez questão de pagar pelos dois vibradores. Foi um presente para neta mais velha dela! Lá estava eu, pela primeira vez em um sex shop com um vibrador escolhido e pago pela minha avó.

Agradecemos e nos despedimos da Valesca. Não precisei chamar um táxi pelo aplicativo, vovó estava com o carro dela parado em frente ao sex shop e me daria carona.

Abracei minha vovozinha de 68 anos e a amei mais do que nunca! Convidei-a para tomar um sorvete, queria retribuir o presente e, mais do que isso, eu estava curiosa sobre a vida sexual dela.

Vó Cida era viúva e namorava com o Gilberto. Se eu não estava enganada, eles estavam juntos havia uns cinco anos. E, mesmo tendo um namorado fixo, ela havia acabado de comprar um vibrador que, segundo ela, não era o primeiro!

Impressionante!

A cada minuto eu gostava ainda mais da minha avó!

Na sorveteria, já sem me lembrar do constrangimento que eu havia sentido na loja, conversamos sobre a vida, sobre amor, felicidade e, é claro, sobre vibradores.

Ela me disse que ter um brinquedinho é sempre importante. No caso dela, às vezes a vontade chegava e o Gilberto não estava por perto, e aí?

Aí, ela encaixava a pilha e se divertia.

O primeiro vibrador, ela havia comprado poucos meses depois da morte do meu avô.

— Foi a melhor coisa que eu fiz! Nanda, imagine como eu sofri pela perda do homem da minha vida! E ainda sem ter uma alegria de vez em quando. O vibrador me salvou! Não vivo mais sem ele!

Ela me deixou em casa. Eu estava completamente ansiosa para experimentar. Queria ver para crer se o que a Valesca e a vovó Cida haviam dito sobre as maravilhas do Jack era verdade.

Naquela noite, enquanto eu tomava banho, concluí que o fogo que eu tinha era hereditário. As mulheres da minha família eram apaixonadas por sexo! Sem dúvida, minha mãe, que nunca havia me dado detalhes sobre as intimidades dela, também deveria ser igual. *Agora mesmo ela deve estar na cama fazendo a alegria do meu pai!*, pensei, divertindo-me.

Eita, que mulherada safada nesta família!

Mas eu havia de concordar com a vó Cida: não era preciso ser louca por sexo para que uma mulher se tocasse e marcasse encontros com um vibrador. Era saudável e, acima de tudo, fazia a mulher conhecer o próprio corpo e se proporcionar prazer!

Logo, logo eu teria a minha primeira experiência!

Saí do banho e me certifiquei de que a porta do meu quarto estava trancada. Embora, no sex shop eu já tivesse tido orientações do modo de usar, li as instruções. Higienizei e coloquei as pilhas.

Analisei o instrumento, já excitada. Coloquei na ponta um pouco de um líquido que simulava a textura do sêmen, para tornar a penetração mais prazerosa, também presente da vovó. Deitei-me, liguei o vibrador e deixei entrar.

Já nos primeiros segundos, fiquei estarrecida com o potencial do negócio. Coloquei mais fundo e o senti se projetando mais para dentro, recuando e avançando novamente. Fora isso, um pouco abaixo da ponta, havia uma parte que fazia um giro e vibrava causando um tesão indescritível. E tinha mais! Imitando duas orelhinhas de coelho, uma saliência que ficava no meio do vibrador bem na altura do clitóris completava o prazer.

Era o tal do estimulador clitoriano. Show!

Fechei as pernas e, com as orelhinhas, acariciei com força meu clitóris e gemi. Deixei o Jack trabalhar sozinho dentro de mim. Depois de ter curtido muito naquela posição, abri as pernas, dei uma levantada no quadril e enfiei com todas as minhas forças, repetidas vezes e sem parar. Gozei muito!

Usei e abusei do Jack, naquela noite e em várias outras. E, também, em muitas manhãs.

Digo com toda a sinceridade: um vibrador é tudo!

Para quem ainda não foi iniciada, recomendo. Aprendam a se divertir com ele, vocês não vão se arrepender.

Na noite passada, fechei os olhos e, enquanto ele me fazia feliz, George Clooney estava no meu pensamento. Lindo!

Ah, tem isso também: a cada noite, você pode pensar no homem que você bem quiser! Depois de gozar, é só virar para o lado e dormir.

Com a vó Cida, aprendi que sexo, independentemente da sua idade, não se evapora com o passar dos anos. Como tudo na vida, pode assumir outra dimensão e prioridade, mas ainda terá a sua importância.

Você pode, por opção ou pelas circunstâncias, viver sem sexo. Mas, acredite, ainda que adormecido, o desejo sempre fará parte de você! Sexo está intrinsecamente ligado à criação.

Vocês podem até estar se perguntando com que autoridade eu e meus 21 anos nos aventuramos a opinar sobre este assunto.

Respondo dizendo que não confiem em mim, mas, sim, na vó Cida.

SEXO, AMOR E APLICATIVO...

O PRIMEIRO PASSO: ESCOLHER A FOTO QUE EU colocaria no perfil.

Não poderia ser uma foto qualquer. Teria que ser uma em que eu estivesse especialmente interessante.

O dia estava propício para aquela missão. O sábado havia começado ensolarado, mas, perto do anoitecer, um temporal de fim do mundo despencou sobre a cidade.

No computador, abri o arquivo de imagens. Havia centenas de fotos. Imaginei que não seria uma tarefa difícil escolher, no meio de tantas, apenas uma.

Mas logo percebi que não havia tantas assim. Pelo menos em que eu estivesse sozinha. Se bem que seria engraçado colocar no perfil uma foto com filhos no colo.

Depois que descartei as fotos de almoço de família, viagem com ex-marido, festinha de aniversário de criança e coisas assim, restaram umas dez fotos, no máximo. Até que seria suficiente se, entre elas, existisse alguma minimamente razoável.

Pensando bem, o que seria razoável para um aplicativo de paquera?

Não sabia ao certo, mas desconfiei de que nenhuma das que eu tinha.

Percebi que, nos últimos anos, eu não havia sido mais uma mulher. Fui mãe, esposa, filha e, quando muito, amiga... Pelo menos era o que as fotos revelavam.

Fora isso, achei que nenhuma mostrava como eu realmente estava naquele momento.

O jeito seria providenciar uma nova.

A chuva continuava impiedosa. Uma vontade de me jogar no sofá e esquecer o tal aplicativo. Mas deixei a moleza para lá, coloquei uma música romântica e fui para frente do espelho. Era recomendável dar uma ajeitada no cabelo e passar um pouquinho de maquiagem. Não muita! Eu queria parecer natural, espontânea, mas, é claro, também bonita.

Até ali, tudo era diversão.

Afastei-me um pouco do espelho para apreciar melhor o resultado do trabalho. Aprovado!

O passo seguinte seria descobrir em qual lugar da casa a foto deveria ser feita.

Pensei, pensei e decidi fazer a foto deitada no sofá, com a cabeça apoiada sobre algumas almofadas. Para fechar o cenário, peguei um livro e coloquei sobre o peito.

Uma imagem falando por mil palavras: uma mulher madura, mas ainda jovem, que gostava de ficar no conforto de casa, que apreciava a leitura...

Tudo pronto, peguei o celular e mãos à obra. Nunca fui muito boa com fotos: posar ou tirar. Imagine só fazer *selfie*.

Comecei a clicar, uma, duas, dez, vinte, trinta... Nenhuma que prestasse.

Aquilo começou a me irritar. O que deveria ser uma missão rápida começou a parecer complicado demais. Pensando bem, o que eu tinha na cabeça para entrar em um aplicativo de relacionamentos?

Quando estava prestes a desistir, meu filho mais velho chegou em casa com a namorada.

Eles me perguntaram por que eu estava tão bonita. Ia sair com toda aquela chuva?

Expliquei. O Diego foi o primeiro a gargalhar.

— Mãe, deixe que eu tiro a foto pra você. Com o seu celular não vai rolar uma foto decente.

Assim foi feito. E até que gostei do resultado.

Meus cabelos com luzes californianas, a última moda, ficaram jogados pelo sofá de forma descompromissada. Minha pele, graças à ajuda da base, ficou lisinha. E, na boca, um sorriso que me deu um ar de mulher feliz, sem muita sensualidade.

Tudo pronto: meu perfil havia sido criado.

Estava aberta a temporada de caça!

Soltei uma gargalhada, divertindo-me com a situação.

Para aquela noite, contudo, eu tinha outros planos. Definitivamente deixaria para o dia seguinte o início da seleção dos alvos.

Decretei: enquanto seu lobo não vem, vou tomar um banho, colocar um pijama, escolher um filme na Netflix e, em companhia de uma taça de vinho, assistir a todos os filmes que caibam na madrugada.

Nada mal para uma noite chuvosa de sábado!

Antes da decisão pelo aplicativo, houve uma grande discussão familiar. A ideia surgiu durante o almoço de aniversário da minha irmã mais velha. Minhas sobrinhas deram a ideia.

Acho que todos já haviam bebido além da conta e tudo virou diversão, menos para minha mãe, que logo torceu a cara. Meu pai quis saber detalhes de como funcionava, depois concluiu: "não há nada a perder." Meus filhos, dois meninos de 16 e 13 anos, ficaram meio cabreiros, mas logo também decidiram: "é uma boa".

Fazia um ano que eu estava separada e ainda não tivera disposição de sair com ninguém. Meu cunhado bem que tentou me empurrar para um amigo dele, também separado. O sujeito, até boa gente, tinha uma mania esquisita: cutucar os dentes com a unha depois das refeições.

De verdade, achei aquilo o fim do mundo! Como um homem bem-educado podia fazer aquela coisa sinistra, tentando extrair resíduos dos dentes. Que nojo! Não dava, né?

Minha irmã disse que aquilo não era exatamente um problema. Nada que um fio dental não resolvesse. Piadas com sugestão para resolver o problema do porco não faltaram.

Havíamos nos encontrado em dois jantares de família, mas é óbvio que não deu em nada.

Misericórdia, meu Pai! Eu é que não colocaria minha língua naquela boca.

Voltando ao aplicativo, as minhas duas sobrinhas fizeram o download no meu celular e me deram algumas dicas, incluindo os principais cuidados.

Lá estava eu com 37 anos, livre, leve e solta, pronta para navegar em um site de relacionamentos.

Não demorou, comecei a conversar com um interessado. A foto do sujeito mostrava um homem de uns 45 anos. Com rosto de traços fortes, um queixo meio quadrado, cabelos pretos. Os olhos pequenos contrastavam com o rosto largo.

Marcamos o primeiro encontro. Segui as dicas de precaução dos palpiteiros da minha vida pessoal, leia-se toda a minha família. Apelidei-os de conselheiros da minha vida privada.

Marquei em um lugar público e movimentado.

Fui de táxi.

Não dei o telefone da minha casa.

Nós nos encontramos às 20h de uma sexta-feira em um restaurante próximo de casa.

Fiquei um pouco ansiosa, mas não nervosa do tipo que fica sem saber o que vestir, que perfume usar, quanto de maquiagem passar, altura do sapato e todas aquelas decisões dificilíssimas de serem tomadas antes de um encontro com alguém por quem a gente está caidinha de quatro.

Nada disso!

Como é bom não ter grandes expectativas!

Na verdade, eu estava mesmo é curiosa. Como seria um encontro com um homem que eu não conhecia? E depois de tanto tempo com um único parceiro?

Vesti uma calça preta, uma blusa de malha com mangas compridas, com lantejoulas nos punhos e na gola. Um sapato preto de salto fino. Pouco perfume. A roupa toda preta combinou bem com as luzes californianas.

O sujeito ficou impressionado.

Márcio não era de se jogar fora e, pessoalmente, era bem fiel à foto do perfil.

Era divertido e muito autêntico. Falava o que pensava. Mas, como todo mundo que fala o que vem à boca, em certos momentos, ele chegava bem perto de ser rústico. Mas a conversa fluiu bem. Ele morava em Ribeirão Preto, onde tinha negócios e vinha para São Paulo praticamente todas as semanas.

Se vocês me perguntarem se rolou, como dizem, uma química, eu diria que nem tanto. Mas havia uma coisa que sugeria que o sujeito tinha pegada. Falo isso porque ele estava vestindo uma camisa branca, com mangas dobradas até a altura do cotovelo. O antebraço e a mão eram perfeitos, do jeito que eu gosto. Isso, para mim, era sinônimo de boa pegada.

A verdade é que sempre tive uma imensa tara por mão de homem. É a primeira coisa para qual eu olho.

Talvez vocês estejam se perguntando se mão e antebraço perfeitos seriam suficientes para eu ir para cama com ele, e a resposta sincera é: muito provavelmente, mas não naquela noite.

Rimos muito, comemos bem e tomamos vinho. Não muito. Uma forte recomendação dos conselheiros da minha vida privada: maneirar no álcool.

Pedimos a conta. Aí surgiu um problema, cujo tema não havia sido abordado pelos conselheiros.

Dividir a conta?

Sacar imediatamente meu cartão e, caso ele se prontificasse pela totalidade da nota, eu deveria insistir em pagar a minha parte? Mostrar que sou uma mulher independente e que homem nenhum, neste mundo de Deus, pagaria nada para mim?

Ficar quieta, não falar nada?

Eu simplesmente não sabia como agir.

Vejam bem, quando me casei com o Zé Eduardo – que, aliás, havia sido o meu segundo namorado – eu tinha 21 anos e estava grávida. Muito grávida! Segundo o médico, o bebê já estava posicionado, prontinho para nascer. No dia do casório, eu rezava para que a bolsa não rompesse bem na hora do "sim, eu aceito o Zé Eduardo como meu marido". Imagine só o meu Diego nascendo bem naquela noite.

Voltando à conta, sugeri que dividíssemos.

Ele insistiu no contrário e assim foi feito.

Saímos mais uma vez. Outro jantar.

Na terceira vez, cinema e, depois, tomamos café. Era um domingo à tarde.

No quarto encontro, aconteceu. Fomos para um apartamento pequeno que ele mantinha em São Paulo. É óbvio que me passou pela cabeça que o lugar nada mais era do que um abatedouro de donzelas paulistanas.

Sinceramente, não me preocupei com isso.

O fato de eu ter ido para cama somente com dois homens ao longo da minha vida não me inibiu.

E eu acertei: ele tinha pegada.

Ah, aquela mão! Ele fez loucuras com aquelas mãos. Márcio se mostrou um devorador insaciável. Um homem forte com gana de trepar sobre uma mulher. Ele, assim como sua linguagem, era rústico. Não teve muita carícia, nem muito chamego, somente o básico, mas tudo feito com um vigor extraordinário.

Pênis grosso, duro, com penetração forte e consistente. O homem era um animal intenso e com muito fôlego.

Depois de mais de um ano de total jejum, a reinauguração havia sido de primeira.

No dia seguinte, uma sexta-feira, ele me mandou uma mensagem com apenas uma palavra: delícia.

Gostei!

Passei o fim de semana pensando nele e exalando desejo pelos poros.

Na quinta-feira, já no fim da tarde, peguei o celular com ansiedade quando ouvi o sinal de entrada de mais uma mensagem do WhatsApp. A cada mensagem, uma esperança de que fosse ele. Eu queria revê-lo.

Até que enfim: a mensagem era dele.

Mas meu mundo caiu. Meus olhos quase voaram da cara.

Apenas duas palavras que li completamente incrédula.

Ele escreveu exatamente assim: "VAMO METER?"

METER!

Vocês conseguem imaginar um homem escrevendo uma mensagem dessas para uma mulher?

Fiquei tão chocada que não tive vontade de responder. Em vez disso, ignorei o celular até o dia seguinte.

Dias depois, ele me ligou. Queria saber se estava tudo bem. Perguntou por que eu não havia respondido.

Incialmente pensei em dar uma desculpa, mas, depois, resolvi falar o quanto eu havia ficado horrorizada com a mensagem absurda e grosseira.

Mas o pior ainda estava por vir!

Adivinhem o que ele me respondeu?

— Como você é fresquinha, né?

Resumo: a fresquinha deu um belo adeus para o homem das cavernas

Os conselheiros haviam sugerido que, mesmo já saindo com alguém, pelo menos no começo, eu deveria continuar fazendo novos "amigos" no aplicativo. Então, quando parei de sair com o Márcio, a fila andou.

Murilo era o nome do segundo.

Dez anos mais velho do que eu. Também separado, sem filhos.

Alto, moreno, narigudo e muito, mas muito magro mesmo.

O magricela corria muitas léguas todos os dias. Participava de maratonas em todos os cantos do mundo.

Imaginei, entusiasmada, que ele teria bastante fôlego para fazer frente aos meus hormônios, que haviam sido completamente despertados desde a saída com o homem das cavernas.

No segundo encontro, fomos para o apartamento dele. Um lugar bonito com uma vista linda. Parecia até coisa de cinema. Ele arrancou minha roupa, jogou-me sobre uma mesa. Depois o sofá, a cama...

Passamos a noite juntos. Meus filhos estavam com o pai.

Fizemos algumas pausas, preenchidas com vinho e bate-papo.

A esquisitice do maratonista surgiu justamente durante as sessões de bate-papo.

A ex-mulher do dito cujo era uma atriz. Com alguns papéis relevantes, outros, nem tanto, mas ainda assim um rostinho conhecido da televisão.

A cada dez palavras que saíam da boca dele, nove eram relacionadas à atriz e aos seus feitos.

"Porque quando a gente era casado..."

"O primeiro papel dela foi..."

"Ela gostava disso. Ela não gostava daquilo..."

"Nós sempre corríamos juntos..."

Enquanto isso, da minha boca só saía um ruído: ahã, ahã...

O que eu poderia dizer além disso? Nada, é claro!

Em outras palavras, a vida do maratonista ao lado da atriz era só felicidade e glamour. Nada de errado nisso, se não fosse o fato de ele estar na cama comigo e não com ela.

Por acaso eu tinha cara de baba-ovo de ex-mulher, atriz ou seja lá o que fosse?

Valha-me Deus, que coisa irritante!

Na semana seguinte, ele me chamou para sair novamente. Julguei que poderia dar uma segunda chance, afinal, talvez ele fosse inseguro e só estivesse tentando se exibir por ter sido casado com a atriz.

Lá fui eu, preparada para o que desse e viesse, qualquer coisa que não envolvesse as aventuras da atriz.

Aqui, vale um esclarecimento: eu não estava enciumada. Não mesmo! Apenas achei completamente inadequado e insensível que um homem, na cama com uma mulher com quem havia acabado de fazer sexo, não parasse de falar sobre as glórias da ex!

Aquela seria a última tentativa com o maratonista.

Por incrível que pareça, o nome da atriz não só voltou à pauta da noite, como ele simplesmente não falou sobre outra coisa.

Depois daquele encontro, ele nunca mais me ligou. Muito menos eu o procurei.

Dois já estavam descartados. Mas ainda havia grande oferta de homens no aplicativo.

Esperei uns dias e voltei à pesquisa. Estava engatada em um bate-papo com o terceiro interessado, quando, em um belo dia, dei um esbarrão com um sujeito no supermercado. Era o Zeca. Um paquerinha dos tempos do colégio, com quem eu nunca havia tido nada, nem sequer trocado um aperto de mão.

Gostamos da coincidência. Marcamos de tomar um café.

O Zeca parecia que havia parado no tempo. Era o jeito de se vestir, de se expressar. Parecia um homem do século anterior. Não havia se casado e não me espantei com isso. Diverti-me pensando que talvez ele estivesse procurando uma mulher virgem.

Saímos algumas vezes, e não demorou para eu perceber que, de bobo, o homem de Neandertal não tinha nada.

Fomos para a casa dele em um domingo à tarde.

Zeca tirou os óculos, com cuidado os colocou sobre um criado-mudo. Os movimentos cuidadosos terminaram ali. O Neandertal voou sobre mim com tanta voracidade que tive que me controlar para não rir.

Tratei de entrar no clima. Foi a melhor coisa que fiz! Zeca se mostrou um excelente amante. Um pouco afoito no começo, mas, depois, conseguiu calibrar a dose e aí tudo correu muito bem.

Tudo perfeito se não fosse um pequeno detalhe: a selva.

Tudo indicava que aqueles pelos nunca haviam sido cortados. Vocês não acreditariam na quantidade e no tamanho dos pelos que habitavam as partes íntimas dele.

Fiquei chocada!

Daquele jeito não poderia ficar, eu precisava tomar uma atitude, porque, do contrário, jamais colocaria minha boca naquele ninho de pássaros.

Tomei coragem e, no encontro seguinte, levei um aparador elétrico. Ele não ficou chateado e até se divertiu.

Foi sozinho para o banheiro e colocou a maquininha para trabalhar. Fiquei xeretando os livros e discos dele. Discos de vinil. Amei a vitrola! Coloquei um disco do Legião Urbana.

Estava cantarolando com minha voz muito desafinada quando ele voltou para sala.

Quase tive um ataque.

Meus olhos correram o corpo nu e se concentraram no pênis e no seu entorno.

O Zeca havia passado a máquina e dado fim em todos os pelos, com exceção daqueles que rodeavam o pênis.

Pensem no meio daquele corpo branco e comprido, o pinto rodeado por uma faixa densa, de mais ou menos um centímetro, de pelos escuros e crespos, formando uma espécie de guirlanda negra.

Quis perguntar se a pilha havia pifado antes de ele concluir o trabalho, mas achei melhor fechar a boca.

Cruzes! O que fazer?

Tentei pensar rápido. Não podia magoá-lo, ele havia sido tão receptivo à ideia de tosar os pelos. E, além do mais, parecia estar orgulhoso do trabalho que havia feito.

Não tinha o que fazer. Só havia uma alternativa: peguei a maquininha e mandei ver. Em poucos minutos, o Zeca pôde dar adeus à mata Atlântica que carregava consigo.

Rimos tanto que tive dor no abdômen.

Paralelamente, a conversa com o terceiro alvo do aplicativo ia de vento em popa. Antes de sair com um pretendente, eu conversava muito. Era uma maneira de me certificar de que, pelo menos, teríamos um papo agradável durante o encontro.

Então, depois de alguns dias, eu me encontraria com o sujeito para um *happy hour*. Fui direto do trabalho e cheguei antes dele. Médico, ele disse que um atendimento havia demandado mais tempo do que o esperado e que atrasaria uns trinta minutos.

Como meus encontros eram marcados em dias em que os meninos estavam com o pai, eu poderia esperar.

Enquanto ele não chegava, me sentei no bar do restaurante, pedi uma bebida e aproveitei para pensar na minha vida.

O Aperol era o drinque do momento em Nova York. Feito com prosecco, aperol, club soda e finalizado com uma fatia de laranja.

O sabor da bebida – mistura de doce, cítrico e um amargo leve – bem que combinava com o momento pelo qual eu estava passando e, também, ilustrava com que lentes eu enxergava o mundo e os seres que nele habitavam.

O doce era tudo o que me relacionava com os meus dois filhos. Amores absolutos da minha vida!

A minha natureza ácida era apenas o resultado da fruta cítrica que eu era. Dependendo do modo de usar, eu era uma bebida refrescante como um suco de tangerina bem gelado em uma tarde quente. Ou poderia ser uma grave queimadura na pele, quando exposta ao sol depois do contato com o sumo de limão. Assim, era recomendável que nunca me colocassem para fritar.

O amargo leve estava em vários lugares, especialmente na leitura que eu fazia dos relacionamentos e sua capacidade de tornar o mundo um lugar menos hostil. O Homem já havia chegado à Lua, descoberto vacinas para tantas doenças, inventado a internet e tantos outros avanços, mas não havia conseguido fazer com que o ser humano fosse mais humano, que tivesse mais compaixão, tolerância...

Tudo o que eu via era um número enorme de mulheres e homens sozinhos à procura sabe Deus lá do quê! Mas, não raro, o "quê" alcançado não os tranquilizava, não os satisfazia, não os humanizava.

Tanta gente sozinha e infeliz, contrastando com suas fotos sorridentes nas mídias sociais.

Como eu também, é claro!

Mas como eu era somente de um amargo leve, havia em mim, também, uma inesgotável esperança de que, um dia, cada um de nós ainda aprenderia a fazer com que nossa existência fosse mais valiosa, sabendo honrar essa coisa extraordinária que é a vida!

E por falar em vida, o que eu deveria esperar da minha?

O que seria dos meus próximos anos, afetivamente falando?

Separada, como seria minha vida sexual? Saindo com homens conhecidos no aplicativo?

Estava disposta a ter um relacionamento sério novamente?

Para minha sorte, não tive tempo nem de tentar responder. Meu paquera chegou justamente quando eu me preparava para pensar em boas respostas para todas aquelas perguntas. De verdade, eu nem saberia por onde começar. Dúvidas de mais e respostas de menos para minha vida, que parecia andar de cabeça para baixo.

Ele tocou no meu ombro. Eu não havia percebido a sua aproximação. E, mesmo que tivesse, eu não o reconheceria. Nem de longe se parecia com o homem da foto que ele havia colocado no aplicativo.

Virei o rosto e ele sorriu.

— Beatriz?

— Sim.

Eu respondi "sim", mas se tivesse tido um reflexo rápido, teria dito um grande e sonoro: nããããão! Ou, quem sabe, teria dado uma de louca: Beatriz? Quem é Beatriz?

— Prazer, eu sou o Mariano.

Pelo o que ele falou na sequência, eu não havia conseguido disfarçar o meu susto.

— Estou um pouco diferente da foto do perfil por causa da barba. Eu resolvi deixar crescer. Você deve estar me achando muito diferente. Realmente, sem a barba, eu pareço outro homem.

Ele só havia se esquecido de mencionar que, além da barba, no mundo real, ele estava uns trinta anos mais velho do que no mundo virtual.

Olhei para a bengala que ele carregava. Perguntei, com medo da resposta:

— Você se acidentou?

— Não, não. Há pouco mais de um ano eu estou usando a bengala porque me sinto mais seguro. Estou com uma lesão no quadril e a bengala me dá mais segurança e estabilidade.

— Ah, claro! — respondi, tentando parecer que não tinha dado muita importância ao fato.

— É, minha querida, a vida anda em alta velocidade. Quando a gente se dá conta, os cinquenta e tantos atropelam a gente. — Soltou uma gargalhada e eu o acompanhei com um riso nervoso.

O que será que ele quis dizer com cinquenta e tantos? Ele tá com cara de quem foi atropelado pelos sessenta e muitos!, pensei.

E por falar em números e idades, aproveitei para fazer uma continha rápida: eu estava com 37 anos, ele, sendo generosa, uns 65.

Então, vejamos... Uma das perguntas que eu havia acabado de me fazer era se eu gostaria de voltar a ter um relacionamento sério.

Com o homem da bengala, quando eu estivesse com 70, ele certamente já estaria batendo nos cem anos!

Um século!

Haja experiência!

Eu sei, eu sei, vocês devem estar dizendo coisas como: para morrer, basta estar vivo! E, nesse sentido, eu poderia bater as botas e partir dessa para melhor muito antes dele. Concordo, é possível.

Ou, talvez, vocês estejam me recriminando, fazendo-me lembrar do doce da vida, onde o amor, sempre imperativo, é cego, surdo e mudo.

Tudo bem, vocês podem até estar certos, mas quem disse que eu quero ter sempre razão?

Enfim, eu não estava gostando nada daquilo. Antes de mais nada, é muito bom lembrar que o homem da bengala era um impostor. Ter colocado uma foto antiga no perfil já dizia muito sobre a sua personalidade mentirosa e dissimulada.

Eu não quis jantar, batemos um papo enquanto eu tomava o meu segundo Aperol. Depois, segui o meu caminho.

Eu já havia conhecido três homens diferentes pelo aplicativo. Em menos de seis meses, contando com o Zeca, eu havia ido para cama com mais homens do que em todos os anos da minha vida.

Aquilo era desejo?

Era somente o corpo sendo corpo? A biologia da Beatriz falando mais alto?

Ah, esses animais e seus hormônios!

Sei lá!

Naquela noite, eu não queria mais saber de perguntas!

Fiz um balanço dos homens que havia conhecido no aplicativo. Cheguei à conclusão de que o problema poderia estar na letra “M”!

Sim, o nome dos três começava com “M”.

Márcio, o homem da caverna: “vamos meter?”

Murilo, o maratonista: ex da atriz.

Mariano, o homem da bengala.

Tudo bem, eu sei que era só uma coincidência. De qualquer forma, eu não sairia mais com nenhum "M". Julguei que seria uma precaução necessária.

Naquela noite, dormi mal.

Mas a rotina não dava trégua e, no dia seguinte, lá estava eu, como se nada tivesse acontecido, como se a noite anterior tivesse sido um mar de rosas, dando minhas aulas no colégio.

No fim de semana, em outro almoço de família, os conselheiros da minha vida privada ouviram o boletim atualizado sobre as minhas últimas aventuras. Obviamente um resumo, contendo somente as partes que julguei oportunas.

Eles chegaram a uma conclusão: eu estava indo muito bem! Segundo minhas sobrinhas, as verdadeiras experts em aplicativos, muitas pessoas, homens e mulheres, mentiam e colocavam fotos antigas nos perfis. Eu deveria continuar. Nada de desistir, foi o veredito dado por todos.

Resolvi, escondida dos conselheiros, dar um tempo por minha própria conta. Mas, depois de algumas semanas, voltei à pesquisa, excluindo, é claro, os "Ms".

Não fizeram falta. Tirar apenas uma das 23 letras do alfabeto, sem contar os 'K" "Y" e "W", não causaria nenhum grande prejuízo para o meu propósito que, até aquele momento, ainda não estava muito claro: o que eu esperava daquele aplicativo?

Fui em frente!

O encontro com o quarto homem foi marcado: Rodrigo.

Dois anos mais novo do que eu, o "Ro", como logo que ganhei mais intimidade comecei a chamá-lo, era desenhista e fotógrafo. Gostava de praia, surf e vida boa. Tudo a ver comigo e com a minha vida cheia de atribulações e responsabilidade com casa, trabalho, filhos e, para complicar, dinheiro curto.

Alto, ombros largos, corpo magro, mas com uns flancos de gordura armazenada nas laterais da cintura. Desconfiei de que a cabeleira loira fosse resultado de alguma alquimia com água oxigenada. Mas os olhos verdes eram originais.

O sujeito se achava uma versão cabeluda do próprio Kelly Slater. Suas histórias mirabolantes sobre ondas gigantes não me incomodavam. Pelo contrário, me ajudavam a abstrair um pouco.

Por aqueles dias, eu estava rezando dia e noite para Deus me dar paciência. O Zé Eduardo, meu ex-marido, havia arranjado uma namorada que julgou poder palpitar sobre a educação que dávamos aos nossos filhos.

Depois da nossa separação, por meses seguidos, eu havia torcido muito para que meu ex arranjasse uma namorada e se esquecesse de mim de uma vez por todas.

Só um detalhe: nós nos separamos porque ele havia me traído. Acontece que, depois de separados, quando ele poderia namorar com todas as mulheres do mundo, o ordinário não parou mais de me atormentar, pedindo uma segunda chance. Ele só havia feito uma pequena confusão: caso eu concordasse, aquela seria a terceira, porque a segunda chance já tinha sido dada uns três anos antes, quando ele teve um caso com uma lambisgoia boazuda, cheia de curvas.

De toda forma, quando pedi aos céus para que ele arranjasse uma namorada, acho que eu não soube pedir direito. O gênio da lâmpada mandou aquela coisa ruim como namorada do Zé Eduardo. Ô mulherzinha abusada!

Então, a conversa fútil do Ro me divertia. Por algumas horinhas eu me esquecia de tudo...

Quando ficamos juntos pela primeira vez, o sexo se revelou bem menos interessante do que a falação sobre condições climáticas versus tamanho de ondas.

Fraquinho, fraquinho.

Um pênis básico, tipo "tamanho único" que, depois de alguns segundos de penetração, sabe-se lá a razão, perdia a potência: rigidez e tamanho diminuíam *muito*! Aquela coisa sem graça ficava dançando dentro do preservativo e fazendo um barulho incômodo: *tchoc*, *tchoc*, *tchoc*.

Permaneci com aquele corpo pesado sobre mim, enquanto o entra e sai entoava a melodia *tchoc, tchoc*. Fiquei sem saber o que fazer.

Talvez eu devesse soltar um gritinho ou outro, simulando um prazer imaginário.

Talvez, intercalando com gemidos fervorosos, sussurrar algumas palavras: gostoso, tesão, você me deixa louca...

"Você me deixa louca" até que seria bem verdadeiro. Afinal, aquilo que ele julgava ser sexo era de deixar louca qualquer mulher que entendesse minimamente do babado.

No meio de tudo, uma dúvida surgiu: "Caramba, será que ele não está percebendo que está trabalhando a meia-bomba?".

Não falamos nada sobre o acontecido.

Como vocês já puderem perceber, sou uma mulher disposta a dar sempre uma segunda chance. Assim, saímos novamente.

Tchoc, tchoc, tchoc, tchoc, tchoc, tchoc, tchoc, tchoc. Tudo igual!

Aquilo estava me matando de tédio e o surfista demorando uma eternidade para concluir a tarefa. Enquanto ele não finalizava, aproveitei para pensar sobre as questões que incluiria na prova que aplicaria aos meus alunos dali a uma semana. Então, posso dizer que não foi uma total perda de tempo.

Bom, vocês também já sabem que comigo não adianta falar em terceira chance. Mandei o Ro surfar em qualquer onda por aí.

A letra "R" havia começado mal, queimado a largada.

Comecei a me cansar do tal aplicativo. Estava pensando seriamente em desistir. Os conselheiros da minha vida privada provavelmente não aprovariam tal decisão.

Nas semanas seguintes, eu teria muito trabalho na escola, era o período das provas do quarto trimestre. Então, aproveitei para dar um tempo no aplicativo.

Dias depois, a família estava reunida em uma pizzaria para comemorar o aniversário do meu pai.

Já estávamos no café e ninguém havia falado sobre minha vida amorosa, nem sequer uma palavra. Eu estava triunfante, sairia ilesa do jantar.

Tinha acabado de fazer minha comemoração silenciosa quando minha irmã, do nada, chamou a atenção de todos com a sua voz estridente. Ela precisava compartilhar uma informação muito importante: a prima de uma amiga da vizinha dela havia namorado e se casado com um rapaz que havia conhecido em um aplicativo de relacionamentos.

Depois que ouviram aquilo, os conselheiros, em coro, entoaram com espanto: ooohhh.

Todos os olhos se voltaram para mim.

Olhares de reprovação. Dava para ler: está vendo? Só você não consegue!

Eu me diverti pensando em todo aquele espanto e eles nem sequer sabiam da metade do que estava rolando. Fiquei imaginando a cara deles se ouvissem alguns detalhes: *tchoc, tchoc*; "vamos meter?".

Estava perdida nas minhas elucubrações, quando minha irmã esclareceu em alto e bom som: "mas era outro aplicativo".

Outro "ooohhh" foi ouvido. Então, o problema não estava comigo, mas, sim, no aplicativo!

Ufa, essa foi por pouco!, pensei. Eu estava livre de críticas.

Meu cunhado imediatamente concluiu:

— Beatriz, você está no aplicativo errado!

Os demais conselheiros concordaram. Um burburinho se fez na mesa, com todos falando ao mesmo tempo.

"Claro, ela está no aplicativo errado!"

"Concordo!"

"É verdade!"

"Tanto tempo perdido com esse aplicativo de falidos!"

Ao fim, decidiram: eu deveria entrar no mesmo aplicativo da prima da amiga da vizinha da minha irmã.

Minhas sobrinhas pegaram o meu celular e iniciaram o download.

O próximo passo: escolher a foto que eu colocaria no perfil. Missão para o fim de semana.

Agora, com mais experiência, as coisas seriam diferentes.

Apesar de estar em um aplicativo novo, "Ms" e "Rs" ficariam de fora do público-alvo.

Enquanto o homem certo não aparecia na tela do meu celular, continuei saindo com o Zeca, que já havia aprendido como tosar os pelos com maestria.

Ele se tornou o meu "PA".

"PA", como toda mulher bem sabe, é o famoso "pau amigo".

Bom para o Zeca, bom para mim. Seguimos amigos para sempre!

Quanto aos conselheiros da minha vida privada, quem poderia levá-los a sério?

Eu é que não!

VÊNUS EM ESCORPIÃO

GENTE, QUE PERRENGUE!

Desde a separação, há exatos dois anos, ainda não tínhamos nos encontrado.

Deveria ter um manual dando dicas de como agir nessas situações, naquele caso específico: o que fazer se você trombar com seu ex no supermercado?

Se esses encontros muitas vezes já são embaraçosos, imaginem quando o ex não é um ex-marido qualquer.

O Zé Luís havia sido traído e, para piorar, ele havia descoberto tudinho. Aliás, viu com os próprios olhos que um dia a terra há de comer.

Pensando bem, encontrá-lo no supermercado não poderia ser mais constrangedor do que tudo que já havíamos passado.

O fato era que estávamos ali, cara a cara.

Tínhamos entrado no mesmo corredor, cada um de nós em uma das extremidades. Mais alguns passos e passaríamos ao lado um do outro.

Olhei ao meu redor, precisava me certificar de que naquelas prateleiras não havia nenhum objeto perfurocortante que se assemelhasse a um martelo, alicate ou qualquer coisa assim.

O Zé não tinha nenhum histórico de violência e, mesmo quando descobriu que havia sido chifrado, não se excedeu. Mas nunca se sabe! Alguns homens não conseguem superar um par de chifres no meio da testa. E se ele fosse um desses? E se depois da descoberta da traição ele nunca mais conseguiu funcionar? É verdade que ele nunca foi lá grande coisa. Para ser mais precisa, ele era o famoso meia-bomba. Mas sabe Deus se com o trauma do chifre e tudo mais, o negócio não havia descido ladeira abaixo de vez.

Nunca se sabe!

Mas não havia com o que me preocupar: no corredor em que estávamos só havia uma infinidade de tipos de biscoito. E eu não seria a primeira mulher a ser assassinada com um pacote de bolacha!

Falei para mim mesma: Quer saber? Eu é que não vou ficar sem jeito. Ele bem que mereceu ser chifrado! Então, levantei o nariz e passei por ele. Fizemos um cumprimento com a cabeça acompanhado de "oi, tudo bem?" e pronto, tudo resolvido.

Depois que sumi apressada daquele corredor, fiquei pensativa. Como pode você um dia estar casada com um homem e, no dia seguinte, aquele mesmo homem, com quem você dividiu sua vida e sua cama, não passar de um estranho? Acho que mesmo que tivéssemos tido filhos não seria muito diferente. Teríamos mantido contato, mas, ainda assim, ele não passaria de um importante ninguém.

É a vida...

Já estava no caixa, quando minha ficha – que nem sempre cai na hora certa, pois sofre de um pequeno retardo – caiu. Fiquei encafifada: o que ele estaria fazendo naqueles arredores se ele morava do outro lado da cidade? Era só o que faltava: ele morando perto da minha casa!

Mas pior do que tudo isso foi o mau agouro. Eu tinha ido ao supermercado comprar uns belisquetes para logo mais à noite. O Arthur estava preparando um jantar para nós na casa dele. Seria simpático levar alguns petiscos.

Eu estava apostando todas as minhas fichas naquele novo relacionamento. Tínhamos saído apenas duas vezes. Na primeira, jantamos em restaurante de comida grega, no segundo, fomos assistir a um musical. Aquela seria a primeira noite em que ficaríamos juntos. Vocês certamente entenderam o que eu quis dizer com "juntos".

Eu estava superansiosa. Queria muito que embalássemos em um relacionamento sério. O Arthur era o tipo de homem para casar e eu queria casar novamente. Então, encontrar com o meia-bomba justamente naquele dia não me pareceu ser uma boa coisa.

Ai, Jesus, isso só pode ser um mau agouro!

Fiz o sinal da cruz e tentei esquecer o assunto.

Mas era difícil, afinal de contas, o que eu poderia pensar sobre aquela infeliz coincidência? Depois de dois anos, encontrar o meia-bomba justamente naquele dia!

Respirei aliviada quando concluí que não era possível que uma mesma mulher conhecesse dois homens meia-bomba durante a vida. Eu já tinha recebido a minha cota.

Valha-me Deus!

Eu sou de Vênus em Escorpião. Sou mulher intensa, que se entrega de corpo e alma – muitas vezes, muito mais com o corpo, naturalmente!

Afinal, para que serve um relacionamento morno, raso, superficial, fútil?

Ora, não serve para nada!

Sou Vênus em Escorpião, quero sexo delicioso! Sou consumida por desejo. Mas sempre desejo homens que merecem ser desejados. Quero ter um homem só para mim! Não importa que dure somente uma noite.

Dá para entender por que meu casamento com o Zé Luís não deu certo?

Quando começamos nosso namoro, eu não era muito experiente nos assuntos sexuais. Achei que era daquele jeito mesmo. Antes dele, eu só tinha ficado com outro rapaz que, aliás, estava mais nervoso do que eu. Suspeito que tenha sido a primeira vez para nós dois. Convenhamos que perder a virgindade com um sujeito espinhudo e inexperiente não é a melhor coisa do mundo. Então, quando o Zé e eu começamos o namoro, eu não tinha bagagem para julgar o desempenho dele. No entanto, com o passar dos anos, vi que aquilo não estava certo, não!

Tem uma lembrança que sempre me acompanha. No dia do casamento, meu pai segurou minhas mãos e, com a sua voz terna e seu olhar que transbordava amor, disse:

— Alícia, minha filha, se você não tem certeza, desista! Ainda está em tempo e você terá o meu apoio. Não se preocupe com nada, o dinheiro que gastamos, convidados, nada! Você tem certeza de que quer entrar nesta igreja, minha filha?

Os olhos do meu pai estavam cheios de lágrimas e implorando para eu desistir. Eu o abracei e disse o primeiro "sim" da noite. O segundo, já na presença do padre com o testemunho de centenas de convidados, saiu com menos convicção, pois, na hora H, olhando para a cara de mosca-morta do Zé, me lembrei da conversa que tivera minutos antes com o meu pai. Fiquei balançada, mas me faltou coragem. Se tivesse olhado para o meu pai naquele exato momento, acho que eu teria desistido.

Papai sempre soube que eu não seria feliz, que o casamento não daria certo. Como ele podia ter tanta certeza?

Enfim, durou menos de dois anos. Meu pai nunca falou nada, nem mesmo aquela famosa frase: bem que eu avisei!

Nunca! Ele jamais disse nada, apenas ficou ao meu lado me protegendo e me apoiando. Não por acaso, eu amo meu pai com todas as minhas forças e vocês percebem que ele merece.

Enfim, não estamos aqui para falar do meu pai, né?

Apenas para finalizar e também não falar mais sobre o Zé, vou contar sobre a gota d'água que terminou me levando para a traição.

Em um belo sábado, eu havia ido retocar a raiz do meu lindo cabelo que era tratado com todo esmero. Como sempre, naquelas ocasiões, fiz hidratação, escovei e passei produtinhos muito cheirosos. Cheguei em casa me sentindo feliz, feminina, bonita, com muita vontade de ir para cama e transar até desmaiar de cansaço.

O Zé estava no clube. Rotineiramente, aos sábados, ele jogava futebol com os amigos, fazia sauna e voltava para casa no fim da tarde.

Não tive dúvida, Vênus em Escorpião entrou em ação. Peguei umas rosas vermelhas que estavam na sala de estar. Soltei as pétalas. Joguei um bocado delas na porta de entrada e fiz uma trilha até a mesa da sala de jantar. Liguei na portaria e pedi para que me avisassem assim que meu marido entrasse no prédio.

Pensei com convicção: é hoje ou nunca. Se o Zé não destravar hoje, desisto!

Eu já estava querendo jogar a toalha. Além do pau meia-bomba – nem duro, nem mole – o cara era devagar, não tinha pegada... E olha que eu dava dicas. Muitas!

E não era só isso! Fizesse chuva ou sol, o Zé estava sempre com aquele olhar parado, sem emoção. Nada o deixava loucamente feliz, nada o tirava do sério ou provoca sua ira. Em resumo, o Zé não conhecia extremos.

No começo do relacionamento, achei que aquilo seria bom. Eu já era energia demais, uma pessoa mais contida ajudaria a equilibrar as coisas.

Mas vamos voltar às pétalas e ao sábado do "it's now or never".

Tirei a roupa e passei um batom vermelho da mesma cor das flores.

O interfone tocou, Zé Luís estava subindo. Arranquei o roupão que havia colocado para me proteger do frio enquanto esperava por ele. Depois, me deitei sobre a mesa da sala e joguei sobre mim o restante das pétalas que eu havia reservado para decorar meu corpo. Eu estava elétrica. Uma alegria até infantil.

A mesa não era nada confortável e minha coluna reclamou, mas quem estava pensando em conforto?

Espalhei minha cabeleira sobre o tampo escuro da mesa.

A imagem era linda: a mesa de vidro preto, meus cabelos claros e as pétalas vermelhas. E, claro, música romântica tocando.

Naqueles minutos, enquanto esperava por ele, fechei os olhos, abri as pernas e acariciei meus clitóris. Fiquei molhada e muito excitada.

Ouvi quando ele abriu a porta. Apertei com força meu clitóris e estremeci de tesão. A cada passo que eu ouvia, mais excitada eu ficava. Abri os olhos para poder ver a reação dele.

A alguns passos da mesa, ele parou. Deixou a mochila cair no chão.

— Alícia, pelo amor de Deus, o que você está fazendo pelada em cima dessa mesa?

Pelada?, pensei, em choque. *Não existe poesia na palavra "pelada". Eu estava nua!*

Não desanimei.

— O que você acha? Vem aqui, eu quero você!

— Mas a essa hora? — perguntou, se aproximando.

— Desejo não marca hora, meu amor.

Ele sorriu, baixou o tronco sobre mim e me deu um beijo na testa.

— Vamos, saia daí, está um frio de rachar, você vai pegar um resfriado.

— Então vem me esquentar.

Ele sorriu e fez com que eu me levantasse.

— Você está muito cheirosa! E linda!

Acariciei o pênis dele. Começamos a nos beijar e fizemos o mesmo sexo desprezível de sempre.

Quando terminamos, ele falou todo animado:

— Vamos conhecer a Ásia?

O Zé era assim, se você quisesse deixá-lo um pouco alegrinho, era só falar e fazer planos para viajar. Uma mulher nua deitada na mesa e se masturbando não era páreo para a empolgação que ele sentia ao planejar uma viagem para qualquer lugar, até mesmo para o Afeganistão.

Vocês querem saber? Nem tive vontade de mandá-lo para aquele lugar. Senti tanto desprezo que preferi tomar um banho e ler um livro.

Que ninguém se engane, a minha calma não foi sinônimo de conformismo. Não mesmo! A partir dali, a vida mudaria. Pelo menos a minha. Ele que me aguardasse.

Não havia sido premeditado. Na semana seguinte, eu tinha horário com o dentista. Quando entrei no consultório e me deparei com aquele gato de pele escura, com barba cerrada e narigão de turco, disse para mim mesma: é ele!

Parti para o ataque.

Eu era paciente dele havia uns dois ou três anos, mas ele jamais havia se insinuado, muito menos eu. Até porque sempre considerei aquela situação muito constrangedora e desmoralizante: a pessoa com a bocona escancarada e alguém com a cabeça quase enfiada lá dentro! Muito invasivo!

Não importava. Eu estava decidida, o Dr. Alfredo seria o primeiro homem com quem eu pularia a cerca.

Deu trabalho, viu?

Não sei se ele simplesmente não estava interessado.

Não sei se a minha investida havia sido muito sutil e ele não captou as minhas ótimas intenções.

Se ele tinha interesse, mas julgou inapropriado.

Enfim, concluí que talvez eu tivesse perdido o jeito para coisa. Afinal, eram quase oito anos de relacionamento com o meia-bomba, considerando namoro e casamento.

Eu já estava desistindo, quando, um belo de um dia, ele havia terminado a sessão tortura – sim, para mim a cadeira de dentista é sinônimo de pânico –, mas continuamos conversando enquanto a assistente organizava os materiais. Eu era a última paciente. A conversa embalou, ficou divertida e nos vimos rindo de tudo.

Eu aproveitava para discretamente jogar o cabelo para cá e para lá, sempre com leveza.

A assistente terminou o trabalho e, percebendo que nossa conversa dava pistas de que não tinha hora para terminar, perguntou:

— Dr. Alfredo, o senhor vai precisar de mais alguma coisa?

— Não, Teresa. Muito obrigado, pode ir.

Vocês não fazem ideia de como aquelas palavras repercutiram pelo meu corpo.

Arrepiei-me inteira.

Continuamos conversando, sorrindo e, minutos depois, estávamos flertando.

Graças ao bom Deus, o corpo, que é muito inteligente, também fala. Ele tem a sua própria linguagem, mas se faz entender com precisão. E eu entendi direitinho: aquele homem me queria!

Fingi que precisava ir embora.

— Bom, já está tarde. A gente se vê na próxima semana.

Com um impulso, projetei o rosto para frente para me despedir com um beijo no rosto. Propositadamente, fiz com que o cabelo o alcançasse antes do meu rosto, assim, ele poderia sentir o cheiro. Então, quando meus lábios se aproximaram da face dele, ele virou o rosto e nossas bocas se tocaram.

Incêndio!

Foi a sensação que eu tive: estava tudo em chamas. Eu estava pegando fogo. Nossa Senhora, que coisa maravilhosa! Que beijo gostoso, firme, suculento, excitante...

Suspirei como uma virgem! E os beijos foram ficando mais intensos e mais excitantes.

Ele levantou a minha saia, afastou a minha calcinha e me penetrou com os dedos o mais fundo que pôde.

Aí, minha cabeça girou, senti que ia cair. Tesão, tesão louco!

Gozei tanto que chegou a escorrer um pouco pelas minhas pernas. Fiquei um pouco constrangida.

— Que delícia! — disse ele, sentindo que meu gozo escorrer. Então, relaxei. A verdade é que eu nunca havia tido um orgasmo como aquele, acho que estava tudo represado.

Ele se ajoelhou e engoliu meu clitóris. Tive vontade de gritar, mas me contive. Afinal, estávamos no consultório dele. Tiramos a roupa e fomos para a sala de espera. Ele apagou a luz e ficamos somente com a iluminação que vinha do corredor.

Fui jogada no sofá. Ele segurou firme o meu quadril e continuou me chupando. Depois, puxou-me para fora do sofá e me virou de costas. Apoiei as mãos na parede e ele fez com que eu abrisse mais as pernas e enfiou o pênis com violência. Era enorme!

Gritei de prazer e pedi para que ele não parasse.

— Não se preocupe, vou te comer até você não aguentar mais, tesuda!

Ele cumpriu a promessa.

Rolamos pelo chão, fomos para o sofá e me debrucei sobre um aparador.

Ele me colocou no colo e cruzei as pernas atrás das suas costas. Encaixou-me com precisão, entrando e saindo de dentro de mim com muita força. O homem era um touro!

Por fim, colocou-me de quatro no sofá e, ao mesmo tempo em que enfiava o pênis alucinadamente e sem diminuir o ritmo, colocou dois dedos no meu ânus. Senti dor, mas não consegui impedir, porque ao mesmo tempo em que doía, me enlouquecia de prazer. O que senti naquele consultório, só imaginei que pudesse existir; jamais em toda a minha vida vivi nada nem remotamente parecido com aquilo.

As minhas pernas estavam trêmulas, minha boca, seca, meu coração, batendo desenfreadamente, minha vagina, encharcada. Ele gozou com um gemido longo e alto.

Naquela noite, voltei para casa exalando luxúria, pecado e felicidade. Nunca havia me sentido tão mulher, tão poderosa.

Pensem comigo, eu estava com 33 anos e só havia tido dois homens em toda a minha vida. Dois que não valiam nem meio. Então, só descobri a vida aos 33.

Tudo bem!, disse para mim mesma. Tudo bem!

Como eu não pretendia, e ainda não pretendo, morrer cedo, ainda daria tempo para recuperar todo o sexo perdido.

Mal pude esperar pela sessão da semana seguinte. O meu pavor de dentista subitamente desapareceu. Acho que o Alfredo poderia até arrancar um dente meu sem anestesia que eu não sentiria nada. Não emitiria nem sequer um gemido.

Brincadeirinha!

Na sessão da semana seguinte, tudo se repetiu e com mais intensidade. Talvez pela excitação e expectativa de revê-lo, achei ainda melhor. Gozei, como disse ele, igual a uma cadela ensandecida no cio.

Naquele dia, eu não havia ido de carro, e o Alfredo me levou para casa.

Na porta do prédio, nós nos beijamos na boca como namorados. Não me preocupei se o porteiro ou alguém estava nos vendo.

Bom, se algum funcionário do prédio ou vizinhos viram, eu não sei, mas sei que o Zé, que já havia chegado do trabalho, viu!

O meu ex-marido havia saído para ir até a padaria.

Quando desci do carro, dei de cara com ele. O mosca-morta desistiu da padaria, voltou e entrou comigo já perguntando:

— Quem era aquele cara? Vocês estavam se beijando?

— Você enlouqueceu? Peguei carona com um amigo. Dei um beijo no rosto dele de despedida.

— Fale a verdade! Eu vi que vocês estavam se beijando!

— Zé, vá procurar o que fazer e me deixe em paz.

Falei com tanta convicção que ele acabou ficando em dúvida sobre o que realmente tinha visto. Olhou-me com incredulidade. Provavelmente ele havia chegado justamente quando eu já estava me afastando do corpo delicioso do meu dentista.

Um mês depois, entrei em casa e pedi minha separação. Aliás, pedi, não! Informei. Antes, liguei para o meu pai e disse o que ia acontecer.

— Só me diga como você quer fazer, minha Alícia!

— Quero voltar para casa, papai. Pelo menos até encontrar um lugar pra eu ficar.

— Como você quiser, minha filha, como você quiser.

Na mesma semana, me mudei para casa dos meus pais, levando apenas as minhas coisas pessoais. O Alfredo não criou caso, até na hora da separação o meia-bomba não demonstrou nenhuma emoção. Melhor assim! Para não dizer que ele não falou nada, ele me perguntou: "você tem certeza?".

Depois que saí da casa dos meus pais, fui morar em um apartamento bem pequeno. Sem medo de exagerar, digo que aquele foi um dos períodos mais felizes da minha vida.

O dentista e eu ficamos dois anos juntos. Com ele, aprendi muita coisa. O resto foi intuição e desejo de colocar as minhas taras para fora.

Depois que parei de sair com o Alfredo, saí com outros homens. Não passei mais vontade!

Assumi um mantra: "eu não perco viagem!".

Se o homem me interessa, não faço tipo, vou para cama com ele. Se gosto, saio outras vezes.

O fato é que, depois de algum tempo, tive vontade de conhecer alguém e ficar, quem sabe, para todo o sempre.

Então, naquele sábado em que encontrei o meia-bomba no supermercado, eu teria a chance de descobrir se o Arthur era o homem que viveria a vida ao meu lado.

Até ali, ele estava indo bem: gentil, educado, divertido, inteligente e tinha um beijo gostoso. Em breve eu descobriria se ele cozinhava bem e, mais importante, se era uma amante com predicados.

Lembrem-se, sou Vênus em Escorpião. Nunca mais vou ficar ao lado de um homem que não provoque em mim e retribua o meu santo desejo.

Enfim, peguei um táxi e rumei para o apartamento do Arthur.

Ele me recebeu com um beijo longo e quente. Depois, abriu um vinho e brindamos à vida.

O jantar foi servido. Aprovado!

Mas eu tenho coisas mais interessantes das quais falar do que as qualidades dele como cozinheiro.

Nós nos jogamos em um sofá confortável, ouvindo música e bebendo vinho. Beijos, carícias e roupas sendo jogadas no chão. Não demorou, ele abriu as minhas pernas e montou em mim. E isso era tudo o que eu queria: ele dentro de mim.

O Arthur começou bem: pau firme e penetração profunda. Mas, muito rapidamente, depois de apenas meia dúzia de vai e vem, virou-me de costas e buscou outros universos para penetrar. O meu dentista já havia me apresentado ao sexo anal. Então, não era novidade para mim. Novidade mesmo foi o Arthur se dedicar para lá de 80% do tempo ao ânus.

Achei estranho, mas não falei nada. Contudo, como no segundo encontro o desempenho se repetiu, preferi ser franca e corrigir a rota logo no começo do nosso relacionamento. Disse que preferia que ele invertesse, o ânus – pelo menos o meu – era o *plus*, não o prato principal. Ele concordou, brincou dizendo que eu tinha uma bunda deliciosa e que ele havia sonhado com ela por muitos dias, razão daquela tara.

Mais três meses e nada. Percebi que, por ele, poderíamos ficar somente com o sexo anal. Até que me irritei e, sem muitas palavras, perguntei

— Você tem certeza de que não preferiria sair com rapazes?

Ele arregalou os olhos.

— O que você quer dizer com isso?

— Arthur, vamos ser francos, o que você gosta mesmo é de comer uma bundinha. – Aí, sorri para descontrair. — Bucetinha não é a sua preferência, né?

— Não sei de onde você tirou isso!

— Tudo bem, se você está dizendo que estou enganada, estou enganada.

Desisti do Arthur e, por consequência, o sonho de dividir meu futuro com ele estava morto e sepultado. Não foi daquela vez que acertei o meu alvo. Aliás, havia passado longe!

Por algum tempo, fiquei com a questão me martelando a cabeça: o Arthur era ou não era bissexual? Mas se eu não estava mais saindo com ele, o assunto não era mais da minha conta.

Enfim, mais uma vez, sozinha!

Não pude deixar de me lembrar do mau agouro: encontrar com o Zé Luís bem no primeiro dia em que o Arthur eu ficaríamos juntos. Cruz credo!

Graças a Deus, as amigas preenchem a vida da gente com carinho, atenção e boas risadas. Além disso, por sorte, aprecio muito a minha própria companhia. Adoro ficar no conforto do meu apartamento minúsculo. E não posso me esquecer dele: o meu vibrador. Na verdade, tenho dois. Uma vez já fiquei na mão – por favor, me perdoe pelo trocadilho infame, mas fiquei na mão mesmo –, quando o meu brinquedinho quebrou. Mandei arrumar, mas achei melhor me prevenir; mais do que depressa, comprei um novinho em folha. Aproveitei para investir em um modelo mais sofisticado, com mais funções.

Ai, ai, ai, dá para fazer loucuras!

Meses depois, em um domingo de sol de duzentos graus, quando Arthur já era assunto superado e eu tocava a vida em companhia dos meus amantes fiéis, Big Mike e John Boy – ah, apenas para constar, Big Mike e John Boy são os nomes dos meus vibradores –, minha amiga Vivi me convidou para ir ao clube com ela. Topei.

Toalhas esticadas nas espreguiçadeiras, pegamos o protetor e lambuzamos o corpo de ponta a ponta.

Eu estava pronta para me deitar de bruços quando meus olhos de lince captaram a presença de um macho com bela estampa. Então, em vez de me deitar, fingi que estava procurando alguma coisa na minha bolsa. Eu precisava me fazer ver.

Chamei a minha amiga, falando quase em um sussurro.

— Vivi, Vivi.

— O que foi?

— Preste atenção, muito discretamente, dê uma olhada para o outro lado, quase no fim da piscina. Discretamente, por favor.

Vivi pareceu não entender o que significa a palavra "discretamente" e virou o rosto com tudo.

— Sua louca, eu falei discretamente! — Ela gargalhou. — Você conhece aquele cara que está com um calção preto?

— Lamentavelmente, não! Mas bem que gostaria.

— Tira o olho que eu vi primeiro.

— Alícia do céu, olha lá, ele está olhando pra você!

Vivi tinha certeza, mas eu fiquei na dúvida: ele estava olhando para mim ou apenas para qualquer outra coisa na minha direção?

De toda forma, eu não poderia fazer mais nada. Era o momento de aguardar. Vamos ver se ele se movimenta, pensei.

Em vez de me deitar, levantei o encosto da espreguiçadeira e me sentei, o que facilitaria uma abordagem.

Francamente, com todas as minhas forças, adoro homem que tem iniciativa, mesmo que ele use aquelas cantadas para lá de batidas.

"Você vem sempre aqui?"

"Você acredita em amor à primeira vista ou devo passar por aqui mais uma vez?"

"Aposto um beijo que você me dá um fora."

"Me chama de previsão do tempo e diz que tá rolando um clima."

"Eu não sou a Casas Bahia, mas prometo dedicação total a você."

De verdade, acho divertidíssimo.

Nem sempre pensei assim, mas, depois de muito refletir, revi meu modo de pensar. Vejam só, a menos que o sujeito seja muito desinibido, espirituoso ou, quem sabe, trabalhe em uma agência de criação, não deve ser fácil abordar uma mulher com uma cantada *top*, inédita, engraçada...

Sem falar que se a gente não estiver interessada, o que importa o quesito originalidade?

O fato é que, se eu quero um cara de boa aparência, educado, que tenha iniciativa, acho que posso abrir uma concessão para a originalidade. Obviamente que não estou falando de cantada escrota.

Em resumo, é muito melhor um homem que não me impressione na primeira abordagem àqueles que só ficam olhando, parados como estátua.

Para minha sorte, aquele era um dos meus!

Atravessou a piscina e deu um jeito de ficar perto de nós. Fingi que não percebi o movimento. Então, ele puxou conversa.

— Oi, tudo bem? Você teria um pouco de bronzeador pra me emprestar?

Sinceramente, não aguentei e ri muito. Aliás, não é curioso o estado de demência em que mergulhamos quando estamos paquerando? Acho que a gente fica meio abestalhado.

— Claro que empresto, mas só se você devolver depois.

Foi a vez de ele gargalhar.

— Com prazer. O difícil vai ser medir exatamente quanto bronzeador eu vou usar pra pagar o empréstimo. Talvez o melhor seja pagar com juros. Fico te devendo um pote inteiro.

Nós nos apresentamos e, a essa altura, Vivi já havia se envolvido na conversa.

Resumo: Ricardo tinha 38 anos e dois filhos que, naquele exato momento, estavam brincando na piscina infantil com outras crianças. Detalhe: ele era casado.

Nos fins de semana seguintes, continuamos nos encontrando no clube. Ricardo nos apresentou aos dois meninos como "amigas do papai".

Vivi e eu estranhamos o fato de ele e os dois meninos estarem sempre sozinhos. Semanas haviam se passado e nem sinal da mãe das crianças. Nunca perguntamos nada.

Em um dia, trocamos o número de telefone. E, aí, tudo começou.

Nós dois já estávamos nos paquerando abertamente. Fiquei atraída por ele, mas o fato de ele ser casado, apesar de me parecer um casamento um tanto estranho – e isso não era problema meu –, não fiquei muito confortável.

O Ricardo era um homem bem comum, alto, pele clara, cabelo castanho-claro, um rosto jovem com um sorriso sedutor. Tudo somado, ele era somente básico, mas, nem por isso não podia ser considerado bonito. Mas havia algo de muito especial: a voz.

Meu Deus amado, como eu gosto de homem com voz grossa, viril. Até se ele fosse feio – não feio como o Chuck, o brinquedo assassino, mas um feio básico –, com aquela voz ele me comeria dos pés até a cabeça.

Marcamos de tomar um café, mas terminamos optando por chá, que foi servido com bolo e seguido por beijos.

Beijos de enlouquecer que me deixaram molhada como fazia tempo eu não ficava, mais precisamente desde o dentista.

Dias depois, passamos um final de tarde em um motel. Tentei me lembrar de qual teria sido a última vez que eu havia estado em um motel. Não consegui, até porque não me esforcei muito, afinal, eu tinha mais com o que me ocupar.

Assim que trancamos a porta, ele me envolveu com um abraço que me fez sentir extremamente desejada. Em troca, dei-lhe um beijo que o fez ter certeza de que eu queria ser possuída. Ricardo não perdeu tempo. Arrancou a minha roupa e me suspendeu, fazendo com que minha cabeça ficasse um pouco acima da dele. Trocamos beijos e ele fez com que meu corpo fosse escorregando devagar até que meus pés voltassem a tocar o chão. Na descida, apertada ao corpo dele, pude sentir o pau dele já completamente duro.

Bastou! As carícias preliminares terminaram ali. Não mais do que dois minutos. Ricardo me jogou na cama, com um movimento rápido e firme abriu as minhas pernas e se serviu. Bicho faminto! Com uma vontade e energia que poucas vezes vi, ele não parou até ter certeza de que eu havia me esbaldado.

— Você vai ver o que é um homem que sabe trepar, minha cadela! Vou te comer até você pedir pra eu parar.

Ele não estava brincado! Jesus do céu, o que foi aquilo?

Acho que posso dizer que foi o paraíso!

Percebi que, além de trepar com muita vontade e habilidade, o Ricardo gostava muito de chamar uma mulher de cadela. É claro que não contei quantas vezes a palavra saiu da boca dele, mas foram muitas. Aquilo me deu uma ideia para o próximo encontro.

No dia seguinte, parecia que um trator havia passado por cima de mim. A parte interna das minhas coxas ficou dolorida, resultado do tempo em que passaram abertas suportando a cavalgada dele.

Marcamos o próximo encontro; seria no meu apartamento.

Eu me perguntava como é que ele fazia para justificar os sumiços para a esposa, mas aquilo não era problema meu.

Três dias depois, eu estava em estado de graça esperando por ele. O porteiro perguntou: "o Senhor Ricardo está aqui, pode deixar subir?".

Já estava tudo preparado.

Lembrando o episódio traumático das pétalas de rosas e do Zé Luís, resolvi repetir a dose com algumas adaptações. Daquela vez, eu apostava em um final diferente para as pétalas e para mim.

Fiz uma trilha que começava na porta de entrada – que deixei entreaberta – e terminava no quarto, onde espalhei pétalas por todos os lados.

Ricardo entendeu e entrou no clima: fechou porta e seguiu o caminho indicado pelas pétalas. Gostou do cenário e de tudo o que viu, mas tenho certeza de que ficou impressionado!

Eu estava na cama, de quatro e completamente nua, com exceção da coleira cor-de-rosa adornando meu pescoço.

Ele sorriu.

— Ah, cadela safada!

Abriu com pressa os botões da calça e a baixou até o meio das pernas. Pegou a coleira e puxou de leve, fazendo com que eu alcançasse o pênis. Chupei com volúpia. As pernas dele tremeram. Por um longo tempo, ele curtiu as carícias. Depois, quase sem fôlego, disse:

— Não se mexa.

Rapidamente tirou a roupa, subiu na cama e montou em mim. Ele estava com tanto tesão que gemeu sem parar. Gozamos juntos. Deitei-me de costas sentindo o peso dele sobre mim. Ele suava abundantemente e demorou para recuperar o ritmo da respiração e os batimentos cardíacos. Antes de tomarmos banho, ele retirou com delicadeza a coleira e me beijou muito na boca, no rosto e no pescoço.

Nem preciso dizer que me vi completamente apaixonada por aquele homem. O Ricardo era para casar. O problema era que ele já era casado!

Nos primeiros meses do nosso relacionamento, aceitei bem a condição de amante, ou melhor, eu havia me resignado. Mas, aí, o Dia dos Namorados chegou, depois, meu aniversário, o Natal... A cada data comemorativa, uma angústia me afligia e me machucava, me lembrando de que aquele homem não era meu. Não importava o quanto eu o amava, não importava a intensidade da nossa atração. Ele não era meu!

Previsivelmente, comecei a me sentir mal com a situação e fiz o que era de se esperar: cobrei uma atitude dele. Ricardo precisava decidir o futuro dele. Mas ele se limitava a dizer "é complicado, é complicado".

Um ano se passou. Dois anos se passaram. Três anos se passaram. A cada dia o amor só crescia, mas a angústia também.

Eu estava com trinta e oito anos, ele, com 41. Percebi que aquele era o momento: éramos jovens, poderíamos ter um relacionamento de verdade. Eu tinha certeza de que ele me amava. Construir um futuro juntos só dependia dele. Mas havia outra opção e, esta, só dependia de uma decisão minha: tomar as rédeas da minha vida e seguir o meu caminho sem ele. Estava resolvido, um de nós teria que tomar uma decisão: ou ele se separava da mulher, ou eu me separava dele.

Gente, eu sou Vênus em Escorpião! Até que aguentei tempo demais.

Eu estava convicta, não haveria drama. Estava preparada para sofrer, para chorar, mas sabia que um dia a dor cessaria. Se eu amaria outro homem como eu o amava, era impossível prever, mas valia a pena tentar.

Lembro-me como se fosse hoje. Era uma sexta-feira e estávamos almoçando em um restaurante. Joguei as cartas na mesa. Disse que aquele era o momento da verdade. Um de nós tomaria uma decisão. Ele teria a preferência.

— Então, o que você me diz? — perguntei enquanto ele pegava as minhas mãos. Então, repetiu a frase já conhecida: "é complicado, é muito complicado!".

— Ricardo, eu sei que uma separação nunca é fácil, principalmente quando se tem filhos. Mas como tudo na vida, é um jogo de perde e ganha. Só você pode avaliar se o bônus será maior ou menor do que o ônus. Se o preço que você terá que pagar com a separação for insuportável, você já tem a resposta.

Continuei:

— Já uma decisão da minha parte pode, no limite, me fazer sofrer e chorar pelo resto da minha vida. Mas estou disposta a pagar o preço. Como eu disse: ônus e bônus.

— Não fale assim. Você acabou de falar que sabe que uma separação pode ter muitas implicações. Eu tenho dois meninos pequenos.

— Você não seria o único pai separado com filhos pequenos.

— Eu sei, mas não é fácil.

Ele não falou mais nada. O silêncio, por si só, já era uma resposta.

Eu havia dado a minha última cartada, seria tudo ou nada!

Deu em nada.

Eu me levantei e, antes de sair, dei um selinho na boca dele. Incrédulo, ele tentou se levantar, mas eu o impedi, já caminhando em direção à saída.

Nos dias seguintes, não chorei, mas senti muita saudade dele, do corpo, da voz, de tudo. Ele ligou e enviou mensagens todos os dias. Não atendi, não respondi.

Um mês depois, fiquei como em crise de abstinência. Parecia estar doente. Mais três meses se passaram e nada mudava. Ainda me sentia muito ligada a ele, eu o amava mais e mais. Então, como havia previsto, sofri e chorei.

No dia do meu primeiro aniversário longe dele, acordei me sentindo cansada e indisposta. Agradeci por não ter combinado nada com minha família ou amigos, nem para o almoço e nem para o jantar. Eu definitivamente não tinha o menor interesse de comemorar.

À noite, saí do trabalho e fui direto para casa. Queria ficar sozinha. Eu escolheria um filme bem triste para assistir. A ideia era me matar de chorar pela dor de pessoas de mentirinha, que existissem somente na tela da TV.

Tomei um banho. Peguei uma xícara de chá quente. Estava prestes a dar o primeiro gole quando o interfone tocou. Surpresa, me perguntei o que poderia ser. Mas, em vez de tentar adivinhar, o melhor seria atender e descobrir logo do que se tratava. O porteiro avisou que o Senhor Ricardo estava na portaria.

— Quem? — Perguntei, não acreditando no que havia acabado de ouvir.

Ele repetiu:

— O senhor Ricardo.

O porteiro continuou aguardando uma resposta e a pergunta ficou vibrando na minha cabeça: posso deixar subir?

Meu Deus, o que eu faço?

Deus não teve nada a ver com minha decisão.

— Pode deixar subir!

Corri para conferir o estado do meu rosto, cabelo... Definitivamente o espelho já tinha me visto em melhores condições, mas não havia tempo para fazer mais nada. Ele já estava subindo.

Eu tremia tanto que mal tinha forças para virar a chave.

Quando consegui abrir a porta, a primeira coisa que vi foi um ramalhete enorme de flores. O rosto dele estava escondido atrás. Peguei as flores. Ele sorriu deslizando de leve os lábios. Fiz o mesmo.

Senti um cansaço enorme. Uma vontade de me jogar no colo dele e descansar.

— Posso entrar?

Eu me afastei, ele entrou e fechou a porta. Depois, tirou as flores da minha mão e as colocou na mesa e me abraçou.

— As flores são apenas pra colorir sua casa. Quer saber qual é o seu presente de aniversário?

Sorri e respondi que sim.

— Você está olhando para ele!

Fiquei confusa. Na verdade eu havia entendido, mas tive medo de não ser o que eu havia pensado.

Era! Ele havia se separado!

Respirei fundo, tentando absorver o que havia ouvido. Tive a reação mais inesperada possível: chorei. Ele me abraçou mais uma vez e eu chorei ainda mais. Sabe quando a gente está sofrendo ou muito preocupada com algum assunto e, quando a coisa se resolve, o corpo parece que desmonta?

Eu me desmontei em lágrimas.

Retomamos nosso relacionamento de onde havíamos parado, sem cobranças, sem arrependimentos...

Um ano depois, começamos a levar minhas coisas para o apartamento que ele havia alugado. Fizemos tudo sem pressa, com calma. Curtimos cada dia juntos, cada mudança que acontecia em nossas vidas. Um dia, sozinha, voltei ao meu apartamento para pegar as últimas coisinhas que haviam ficado em uma cômoda. Dentro de uma das gavetas, encontrei Big Mike e John Boy. Como eu poderia ter me esquecido dos meus brinquedinhos?

Já na porta de saída, olhei ao redor e senti paz. Senti também uma felicidade indescritível. Ali naquele meu pequeno mundo eu havia passado os melhores anos da minha vida. Uma gratidão invadiu o meu coração. Em silêncio, agradeci a Deus, à minha família, aos meus amigos, à vida, à criação. Agradeci pela existência daquele homem com quem eu desejava compartilhar minha vida, meu futuro.

Para alguns, pode parecer uma eternidade ficar anos ao lado do mesmo homem, da mesma mulher. Mas, para nós, se pudéssemos escolher, escolheríamos viver mil vidas juntos, amando as qualidades e zombando dos pequenos e insignificantes defeitos um do outro.

Sabemos que relacionamentos não são fáceis, mas, mais difícil, já sabíamos, era ficar um sem o outro.

Talvez não seja tão fácil entender tamanha intensidade, mas só posso ser aquilo que sou: intensa e visceral, afinal, sou Vênus em Escorpião.

Coloquei Big Mike e John Boy em uma caixa e saí.

A VIAGEM

Eu sei que as más línguas haviam sentenciado: "iiihh, podem escrever, esse casamento não vai durar nada!"

Previsão ou praga, só Deus sabe, o fato é que acertaram. Três anos depois do enlace, João Pedro foi para um lado, eu, para outro. Agradeci por não ter tido filhos e ser obrigada a manter um vínculo com aquele que, a partir da separação, nada mais seria do que um ex.

"Ex" qualquer coisa não tem a menor importância na vida da gente. Ainda que, pensando friamente, aquela situação era bem esquisita. Namorei, casei, tudo somado, vivi ao lado daquele homem uma década e, em um belo dia, tudo o que eu queria, aliás, tudo o que eu *não* queria, era ver o sujeito pela frente, pelas costas, pelos lados.

Jesus, gente é realmente um bicho bem estranho!

Enfim, ele saiu da minha vida do mesmo jeito que entrou. Nada trouxe, nada levou! Se com ele eu tivesse vivido uma louca paixão, pelo menos algumas lágrimas, de certo, teriam sido derramadas.

Em vez disso, fui logo tomando uma decisão: dar um tempo sozinha! Esse foi meu mantra por aqueles dias.

Uma vez tendo me livrado dele e do suplício que havia sido o nosso último ano de casamento – confesso que nós dois contribuímos para a treva que se tornou nossa vida –, segui todo o protocolo "de volta à pista"!

Vejam que uma coisa não tem nada a ver com a outra. Mesmo não querendo me enfiar tão cedo em outro relacionamento, era preciso elevar a autoestima e colocar sobre mim toda energia positiva que eu pudesse.

O fim de um casamento, por mais que atenda às expectativas de ambos, é sempre difícil. Como dizem, é um luto; uma aposta perdida. Então, é preciso se sacudir. Interesses novos devem ocupar os espaços que certamente se abrirão.

É preciso ter um plano para o futuro, ainda que de curto prazo, do contrário, resquícios do passado continuarão se impondo.

Tratei de me mexer.

Comecei a dieta do jejum intermitente.

Meus cabelos, já loiros, ficaram ainda mais claros depois das luzes.

Matriculei-me em uma academia.

Para ajudar, por sorte, minha profissão sempre absorveu muito do meu tempo e, sem dúvida, isso contribuiu para que eu não ficasse prostrada pensando em coisas inúteis, como, por exemplo, nos arrependimentos...

Bom, vamos lá, meu nome é Amanda.

Eu sou advogada e, desde que concluí o doutorado, trabalho em um grande escritório localizado em uma avenida luxuosa de São Paulo.

É claro que minha sólida formação em uma faculdade de primeira linha e doutorado no exterior foi decisiva para minha contratação.

Na época da admissão, eu estava me sentindo no auge: jovem, bem-empregada, me achando linda, loira e magra; *muito* magra. Anos de ouro, viu?

Falando em loiras, acho que já ouvi todas as piadas sobre elas, obviamente que nenhuma delas jamais me irritou. Para dizer a verdade, acho até bastante engraçado e, ao mesmo tempo, ridículo. Falo isso porque, em todas as piadas, as coitadas são de uma ingenuidade, ignorância e lerdeza mental que beira o surrealismo. Como levar a sério?

Fico me perguntando como isso começou. Quem teria sido a loira que havia dado origem a tamanha zombaria?

Da minha parte, adoro quando alguém me subestima, divirto-me principalmente quando do outro lado está um homem. Acreditem, é no mínimo hilário vê-los se dobrar diante da minha capacidade profissional.

Não raro, eu os venço nos tribunais. Mas tenho que tomar cuidado, qualquer deslize meu só dará munição aos piadistas de plantão.

Mas não pensem que se trata de uma guerrinha imbecil com objetivo de provar que, na condição de mulher, sou melhor do que um homem. Trata-se apenas de uma competição com a qual, antes de qualquer coisa, me divirto secretamente. Profissionalmente, eu sou muito competitiva. E, nesse sentido, pouco me importa o sexo de quem está do outro lado do ringue, tudo o que eu quero mesmo é nocautear.

Vencer para mim significa me olhar no espelho e saber que lá está uma pessoa que venceu na vida por seu trabalho. Gosto de ganhar dinheiro, mas gosto ainda mais de caminhar com dignidade, sem segredos sombrios que possam ser descobertos a qualquer momento. Por isso, sou livre!

E por falar em segredo, devo confessar que tenho alguns. São segredinhos deliciosos. Em outra ocasião, vocês terão oportunidade de conhecer o maior de todos eles, vivido com um certo *personal trainer*. Mas, por enquanto, quero e preciso compartilhar uma experiência inusitada.

Começo me abrindo com vocês: na intimidade entre quatro paredes, não gosto de pensar em limites. Aliás, o que eu menos faço nesses momentos é pensar!

Pensar exige uma queima de energia que prefiro reservar para outros fins. Cada coisa no seu tempo, e sexo, definitivamente, não é uma prática intelectual. Quando você está ali, em ação, é simples como respirar.

Acho que o intelecto pode até atrapalhar.

Sou muito desinibida! E, para falar muito francamente, acho que sexo é uma das coisas mais maravilhosas do mundo! Sempre que possível, minhas atitudes nessa área são determinadas pelo meu desejo. Na maior parte das vezes, considero que agi corretamente. Mas, às vezes...

É, às vezes, as coisas não saem exatamente como eu esperava. Só para dar um exemplo e, ao mesmo tempo, se vocês me permitem, dar-lhes um conselho: muito cuidado com viagens no início de um relacionamento. Viajar com alguém que você não conhece bem pode trazer surpresas desagradáveis. Mas vamos começar pelo começo, que, aliás, é o jeito mais fácil de contar essa história.

Já tinham se passado cinco meses desde a minha separação e eu ainda estava firme no meu propósito de "dar um tempo sozinha".

Em um sábado à tarde, eu estava trabalhando em casa. Fazia um calor de quase quarenta graus, com sensação térmica de cem. Havia chovido muito na noite anterior e, depois de um relâmpago do tipo filme de terror, uma descarga elétrica esturricou a condensadora de ar condicionado de casa. Técnico, somente na semana seguinte.

Eu estava sendo escaldada viva, então, resolvi dar uma pausa na preparação de uma defesa sobre a qual eu estava debruçada. Fui até o terraço na esperança de que um ventinho qualquer reduzisse a minha agonia térmica.

Vento que é bom, nada! Mas eis que olho lá pra baixo e vejo três belos exemplares do sexo masculino na piscina do prédio. Aquela visão era muito melhor do que ventania, ar condicionado, banho gelado...

Jesus, e eu aqui trabalhando dentro desta fornalha!, pensei.

Não tive dúvida: vesti o primeiro biquíni que vi na gaveta, peguei uma bolsa de plástico, na qual coloquei toalha e outros apetrechos. Antes de descer, dei uma conferida no espelho e tomei um susto! Meu rosto estava inchado e suado, sem falar nas bolsas que haviam se formado embaixo dos olhos, tudo por culpa daquela sauna em que meu apartamento havia se transformado.

Para disfarçar, peguei um óculos de sol enorme, o maior que eu tinha. Ri de mim mesma. *Sua louca, você está parecendo um besouro!*

Desci, entusiasmada.

O que eu teria a perder? Nada!

Não havia muita gente na piscina. É óbvio que peguei a primeira espreguiçadeira livre próxima ao trio.

Eu já havia emagrecido um bocado com o regime da dieta do jejum intermitente, mas a regra maldita nunca falha: barriga, a primeira a chegar e a última a sair. A minha parecia não querer deixar o meu corpo, ainda que eu me tornasse a imagem e semelhança de um faquir.

Então, enquanto eu tirava a saída de banho, respirei fundo e soltei o ar, contraindo o abdômen com todas as minhas forças. Depois, me sentei na espreguiçadeira em que eu já havia inclinado o encosto.

A inclinação foi calculada estrategicamente: nem muito e nem pouco. Se eu ficasse completamente sentada, as dobrinhas abdominais, ainda que eu nem sequer respirasse, não poderiam ser disfarçadas, ao passo que, se eu ficasse quase deitada, não poderia fazer contato visual com os poderosos machos que enfeitavam a piscina.

Peguei um livro que eu havia levado e fiquei olhando as palavras. Falo isso porque, é óbvio, eu não estava prestando um décimo da minha atenção à história.

O trio estava sentado em cadeiras com a mesma inclinação que a minha, o que favorecia uma abordagem de ambas as partes.

Não demorou e um deles puxou assunto; ele queria saber o que eu estava achando do livro, a biografia de Maria Callas. Respondi que era extraordinário.

Imediatamente fechei o livro e começamos um bate-papo animado, e os outros dois se juntaram a nós.

Não demorou, também, para eu perceber que havia comprado gato por lebre.

Os três eram gays!

Depois de tão triste constatação, relaxei o abdômen e voltei a respirar como um ser humano normal. Minha barriga agradeceu, expandindo-se para todos os lados.

Nada mudou no aspecto diversão: os três eram ótimos! Lá pelas tantas, depois de já ter falado e gargalhado de tudo e todos, como eu já estava me sentindo bem íntima e vocês bem sabem que intimidade é uma desgraça, eu mandei:

— Por que vocês tinham que ser gays, hein?!

Eles se divertiram. Eu confessei que só havia ido à piscina para paquerá-los.

— Estou completamente desmoralizada!

Gargalhamos.

Eles me perguntaram se eu não gostaria de ir a uma festa com eles. Respondi que eu já tinha compromisso para aquela noite: uma festa de aniversário, mas "muito obrigada"!

— Nós também vamos a um aniversário — disse um deles. Enfim, começamos a assuntar sobre as festas que teríamos logo mais, e nos deparamos com a coincidência mais improvável: iríamos para a mesma festa.

— Só pode ser o universo conspirando — disse, espantado, o Rick, que havia se mudado na semana anterior para o meu prédio. Os outros dois, JP e Léo, eram amigos dele.

Despois de muito esturricar a pele no sol escaldante, subimos para descansar um pouco e nos arrumar para a festa. Iriamos todos no mesmo carro.

Eu fiquei superfeliz por ter feito novos amigos. Com relação à frustração por eles serem gays, achei que havia servido para reforçar meu propósito de "dar um tempo sozinha".

Seguimos com a mesma alegria para casa do Claudinho, que era o aniversariante e primo do meu vizinho Rick.

No caminho, o Rick, com óbvia intenção de tirar uma com a minha cara, disse:

— Amanda, pode ficar tranquila, nós seremos as únicas bichas da festa.

— Eu não estou nem aí. Falei pra vocês que quero dar um tempo sozinha. Quando vi vocês na piscina, quase tive uma recaída, mas já superei.

No mesmo espírito zombeteiro, chegamos à casa do Claudinho, que adorou saber da coincidência de o primo estar morando no mesmo prédio que eu.

Cumprimentos, apresentações, brindes, música, muitas risadas, encontro com amigos que eu não via havia algum tempo, em resumo, a festa estava um sucesso!

A família do Claudinho havia procriado como coelhos. Na festa havia pelo menos uma dúzia de primos dele. E foi um desses primos que chegou com um amigo, um tal de Ferdinando.

Logo fomos apresentados e iniciamos um bate-papo superagradável. Fiquei toda entusiasmada. Julguei que valeria a pena, mais uma vez, mudar os meus planos, achei uma bobagem essa coisa de "dar um tempo sozinha".

Ficar sozinha fazendo o quê?

Ferdinando era um rapaz bonito – melhor dizer bonitinho, chamá-lo de bonito seria um exagero –, alto, cabelos e olhos castanhos. Aparentava ter uns 38 anos. Estava vestido de forma despojada e elegante, tudo na medida certa. Tinha um corpo seco, do tipo gordura zero. Sabe gente que pode comer um boi e duzentos brigadeiros por dia e não engorda nem sequer um grama?

Ai, que inveja!

Eu daria nota sete para ele, considerando uma avaliação de zero a dez. Apenas um detalhe chamava a atenção: ele era um pouco dentuço. Minhas amigas, que não perdem tempo e não valem nada, rapidamente o apelidaram de Dentinho.

Enquanto cantávamos "parabéns pra você", o Rick se aproximou e cochichou no meu ouvido:

— Estou intuindo que sua noite vai render mais do que rendeu a sua tarde na piscina! — Sorriu e abafou o som colocando a mão na boca.

Cochichei também:

— O que você achou dele?

— Até que dá um caldo, mas ele é meio dentucinho, né?

— Não por isso, o Freddie Mercury também tinha os dentinhos escapando da boca e era um gostoso!

— Ah, isso era mesmo!

— Então deixe meu dentuço em paz!

Gargalhamos e eu voltei a conversar com o Ferdinando. Enquanto eu comia um pedaço de bolo que mais parecia uma fatia de frios, o Dentinho repetiu duas vezes, cada pedaço do tamanho de um tijolo.

Jesus, o que eu não daria para ter o metabolismo daquele cara! Até ali, minha dieta do jejum intermitente estava se revelando incapaz de dar fim à minha barriga.

Enfim, não era hora de pensar nisso.

Cada um com a magreza que merece.

Dentinho e eu trocamos telefone e nos falamos durante os dias seguintes. Por sorte, no fim de semana, tínhamos mais uma festa de aniversário, desta vez um almoço na casa da Flávia. Os convidados eram praticamente os mesmos da festa do Claudinho.

Passei a semana ansiosa para rever o Dentinho. O sábado chegou com temperaturas em queda, fez um frio lascado. A roupa que eu havia preparado teve que ser substituída por um modelito que eu julguei menos atraente, mas igualmente elegante, como exigia uma festa na casa da Flávia. A aniversariante era uma moça de extremo bom gosto.

Quando cheguei, o Dentinho já estava lá. Achei ótimo! Eu não gostaria de chegar antes que ele. Provavelmente a espera me faria ficar ansiosa. Quando se trata desses assuntos, costumo me comportar como uma pessimista profissional. Com toda certeza três palavras não sairiam do meu pensamento: ele não vem!

Dentinho estava na parte externa da casa, próximo à piscina. As áreas internas e externas eram separadas por uma imensa parede de vidro. Parece que ele adivinhou que eu havia chegado, porque tão logo eu entrei, ele se virou. Nossos olhares se cruzaram. Sorrimos.

Tudo se repetiu: amigos queridos, vinho bom, um moço interessante para paquerar, enfim, a festa estava tão maravilhosa quanto a da semana anterior.

Eu não sei exatamente como o assunto da viagem foi introduzido. Acho que falávamos da queda brusca da temperatura e do nosso amor pelo sol e pela brisa do mar. O fato é que estávamos à véspera de um feriado prolongado. Que maravilha seria fugir do frio de São Paulo e ir para praia. Topei na mesma hora!

A decisão me pareceu acertada por uma razão muito convincente. Quando eu estava de saída, ele me acompanhou até o meu carro. Ele me abraçou e nos beijamos. Senti que ali tinha muito potencial. Afinal, na regra, um bom beijador costuma dar conta do recado.

Com aquele beijo, ele tinha acabado de fazer o primeiro gol!

Em resumo, o Dentinho e eu, apenas nós dois e um feriadão pela frente: quinta, sexta, sábado e domingo.

Quando me lembro, tenho uma raiva danada de mim mesma! Como eu pude concordar com uma viagem assim? Quatro dias com um quase desconhecido! O que eu sabia sobre o Dentinho?

Sabia que ele era amigo do primo do Claudinho, trabalhava na empresa de importação e exportação do pai, era bom de papo, bonitinho e dentuço. Só!

O fato é que tem horas na vida que não dá para ficar matutando sobre detalhes e mais detalhes.

Ou vacilando: vou ou não vou?

Simplesmente temos todo direito de nos perguntar: por que não?

E foi exatamente o que aconteceu, eu fiz aquela pergunta de quem está louquinha para entrar em uma aventura ou, sabe Deus, em uma fria: por que não?

Gritei para mim mesma um sonoro "SIM". Apenas três letrinhas e ganhei um passaporte com direito a praia, sol, água de coco, um romance novo e muito sexo. Tudo somado me pareceu que dias no paraíso me aguardavam.

Escolhi com cuidado biquínis, cangas, minissaias e shortinhos. Sensualidade na medida certa, nada minúsculo demais, mas, também, nada que consumisse muito tecido. Vocês se lembram de que, apesar da dieta do jejum intermitente, ainda havia uma considerável saliência abdominal para ser eliminada.

Dediquei muito tempo e concentração à escolha das roupas íntimas. Lingeries com muita renda e todas lindas. Não tinha necessariamente a intenção de usar, mas, como nunca se sabe, incluí cintas-ligas, sapatos altíssimos e batom vermelho na mala. Carreguei comigo tudo o que havia de mais especial no meu guarda-roupa. Queria causar uma ótima impressão. Não que eu precisasse de nenhum daqueles apetrechos, afinal, sei como usar meu próprio corpo para provocar loucura e excitação em um homem. Sem falar em algumas performances que me credenciam como altamente competente. Contudo, uma roupinha sensual não atrapalharia em nada.

O Dentinho passou em casa para me pegar. Para fugir do congestionamento das estradas, saímos de São Paulo na quarta-feira, logo depois da hora do almoço. Destino: Rio de Janeiro. Ficaríamos na cidade maravilhosa até o domingo pela manhã.

Mas parece que nós e toda a população de São Paulo havíamos montado a mesma estratégia e deixado a cidade naquela tarde. A rodovia Dutra estava simplesmente lotada e, para piorar, já prestes a chegar ao Rio, um acidente – soubemos depois, protagonizado por um motorista bêbado – só fez piorar a coisa.

A certa altura da viagem, uma vontade insuportável de fazer xixi me fez suar frio. Eu já não conseguia prestar muita atenção em quase nada do que o Dentinho falava. Para dizer a verdade, ele, que antes havia me parecido dono de um ótimo papo, começou a me cansar. Justiça seja feita, a culpa não era 100% dele, mas, sim, do trânsito, da viagem longa, do cansaço, de todo aquele líquido suplicando para sair de dentro de mim e, também, da distância até um posto ou qualquer outro lugar com um banheiro. Que tortura!

Por alguns segundos, fechei os olhos, desejei ter ficado em São Paulo, na minha casa, mantendo meu propósito de "dar um tempo sozinha".

Enfim, quando estava prestes a pedir para que ele parasse no acostamento, avistei uma placa indicando a existência de um posto de serviços poucos quilômetros à frente. Mais alguns minutos e, como uma luz divina, diante dos meus olhos despontou o luminoso do posto.

Que felicidade!

Dentinho estacionou. Eu mal consegui descer do carro. Cada passo me fazia sentir uma dor na região pélvica. Dentinho ficou solidário, ele próprio não estava em melhores condições.

Tivemos vontade de rir, mas qualquer esforço, ainda que um sorrisinho leve, poderia provocar um mal irremediável.

Já estava lavando minhas mãos quando me dei conta de que meu estado de espírito havia melhorado enormemente. *Meu Deus, como existe felicidade plena em pequenas coisas!*

Voltamos para a estrada e, a partir daquele ponto, o trânsito já estava um pouco melhor. Chegamos ao hotel, estávamos esgotados e famintos. Quando entramos no quarto, fui direto para o banheiro.

Lavei as mãos e retornei. O funcionário do hotel que nos acompanhou já estava se retirando ao mesmo tempo em que nos desejava uma ótima estadia. Tive a impressão de que o Dentinho não havia dado nenhuma gorjeta para ele. Mas, como estive ausente do quarto por alguns instantes, não poderia afirmar com 100% de certeza.

Enfim, sós! Dentinho e eu nos olhamos. Ele esticou o braço.

— Vem cá. — Ele me abraçou.

Eu senti um calafrio maravilhoso! Durante a viagem, em vários momentos em que estávamos parados por força do trânsito, o Dentinho teve oportunidade de confirmar que era um beijador extraordinário.

Eu me deixei envolver, ficamos ali por alguns segundos. Então, ele continuou a falar:

— Que viagem cansativa, não?

— Nem me fale, pareceu que não chegaríamos nunca.

— Você está com fome?

— Faminta e você?

— Eu estou mais cansado do que com fome. Vamos pedir alguma coisa aqui no quarto mesmo. O que você acha?

— Perfeito. Até porque já está tarde!

Enquanto falávamos, chequei os aperitivos que existiam no quarto: amendoins, castanhas torradas, barras de cereais e batatas fritas. Peguei a lata com castanhas. Estava me preparando para abri-la quando Dentinho me interrompeu.

— Não, não abra!

Eu, que estava distraída, até me assustei! Olhei para ele sem entender.

— O que foi, você não gosta de castanha?

O Dentinho sorriu.

— Não é isso.

— O que é, então?

Dentinho voltou a sorrir. Ele abriu a mala, revirou algumas roupas e tirou das profundezas de uma sacola um pacote robusto de amendoim.

— Ahá! Por essa você não esperava, confesse?

Dentinho segurava o pacote de amendoim com o braço levantado de forma heroica, como se fosse um troféu.

Fiquei parada, sem entender muito bem o que aquilo significava. Mas ele não pareceu se importar muito com a minha reação, aliás, com a *não* reação, uma vez que eu não me movi.

— E tem mais! — Ele voltou para a mala e, mais uma vez, revirou as roupas. Passados alguns segundos, como se estivesse fazendo mágica, fez emergir uma garrafa de vinho.

— Eu trouxe amendoim e vinho, assim não precisaremos gastar com essas coisas.

Um tremor tomou conta de mim. *Será que o cardápio dos próximos dias se resumirá a amendoim e vinho?*

Estava perdida em meu pensamento quando ele falou:

— Vamos pedir logo. Querida, por favor, escolha você. Dê uma olhada no cardápio. Acho que um prato será suficiente pra nós dois.

Enquanto eu analisava as opções, Dentinho abriu o pacote de amendoim. Depois que ele desfez a mala, a contabilidade resultou em cinco garrafas de vinho, um pacote enorme de amendoim e seis maçãs, duas delas estavam meio murchas, acho que eram da feira da semana anterior.

Tentei afastar os pensamentos desanimadores que orbitaram meu cérebro.

Amanda, por favor, sem conclusões precipitadas! Vai ver ele só quer parecer engraçado.

Escolhi um peixe grelhado com legumes no vapor e, para reforçar, uma porção de arroz. Tomei o cuidado de pedir prato e talheres adicionais, porque no cardápio nada indicava que os pratos serviam duas pessoas.

Quando o jantar foi entregue, minhas suspeitas foram confirmadas: um titico de nada de comida. Um file médio de peixe, duas pequenas árvores de brócolis, umas quatro rodelas de cenoura e uma fatia comprida de abobrinha. *Ainda bem que eu pedi uma porção de arroz!*

O meu estômago estava nas costas, aquela comida definitivamente não seria suficiente para liquidar minha fome. O jeito foi preencher o espaço ainda vazio com muito amendoim e vinho. Dentinho e eu tomamos quase duas garrafas.

Se a coisa continuasse daquela maneira, concluí que eu precisaria arrumar uma estratégia para me alimentar apropriadamente, tanto no almoço quanto no jantar, já que o café da manhã nós tomaríamos no próprio hotel.

Terminado o jantar, fui para o banho. Dentinho ficou assistindo à reprise de uma partida de futebol.

Fechei os olhos debaixo do chuveiro. A água não era tão abundante e a temperatura alternava entre morno e frio. Eu não suporto aquecedores que oscilam.

Nossa, que cansaço!, pensei. Minha cabeça estava rodando. Na verdade, eu estava meio, ou talvez inteiramente, bêbada.

De repente, de dentro da minha barriga, movimentos e sons sinistros começaram a se pronunciar.

Não dei muita importância, afinal, deveria ser apenas uma cólica passageira.

Saí do banheiro embrulhada em uma toalha. Imediatamente os olhos do Dentinho se desviaram da televisão e pularam para cima de mim. Ele se levantou e me abraçou. Nós nos beijamos.

— Vou tomar um banho também. Não saia daí. — Ele sorriu e me deu mais um beijo.

O desconforto abdominal voltou mais insistente. Acho que a mistura do peixe, vinho e muito amendoim não havia sido uma boa ideia. Minha barriga ficou estufada.

Nem tentem insinuar que era o meu pneuzinho!

Andei de um lado para o outro do quarto, meio curvada e segurando o abdômen.

Meu Deus do céu, e agora? Definitivamente eu precisava de um remédio para gases. Mas, na falta de um, só me restava rezar.

Diante daquele quadro clínico e àquela altura da noite, sexo me pareceu completamente dispensável.

Imaginem o que os malditos gases estavam fazendo comigo a ponto de eu abrir mão, renunciar àquela que para mim era a primeira maravilha do mundo!

Sexo era a última coisa em que eu pensaria naquelas circunstâncias.

O fato é que não havia plano "B". O que eu poderia alegar? "Estou com dor de cabeça, fiquei menstruada, cansaço...".

Gente, eu não tinha intimidade pra revelar minha situação. Era muito constrangimento, concordam?

Ser sincera talvez não fosse a melhor ideia, mas sem dúvida seria bem divertido. Alguma coisa mais ou menos assim: os seus malditos amendoins me empanturraram, estou explodindo de gases!

Eu me diverti pensando na cara dele ouvindo uma revelação dessas.

Melhor não!

Mas piadinhas não iriam me ajudar. Primeiro, eu precisava escolher o que vestir: lingerie provocante ou camisola discreta? A verdade é que pouco importava o que eu vestisse, naquela noite somente um atestado de óbito – o meu, naturalmente – impediria que aquele homem viesse com tudo para cima de mim.

E havia mais coisa em jogo: minha reputação.

Sim, eu tinha uma reputação a zelar. Todos os homens com os quais eu fui para cama, não que tivessem sido tantos assim, jamais se queixaram de absolutamente nada, aliás, muito pelo contrário, minhas habilidades sempre foram elogiadas.

Bom, deixem-me explicar isso melhor: como vocês já sabem, eu adoro sexo. Sexo de qualidade, feito com homens que eu goste da companhia e, se eu admirá-los, ainda melhor. Aí ninguém me segura, eu enlouqueço! Nessas ocasiões, uso todo o meu repertório de safadezas. O resultado é que eles parecem que vão infartar. Eu amo vê-los como meninos indefesos. Faço o que quero deles e eles ainda me pedem mais! Não é maravilhoso?

Mas, voltando aos gases. Eu apostei tudo no poder da mente! Sim, a partir dali seria uma questão de autocontrole. Pensando nisso, mudei o foco. Era preciso reagir. Eu não podia ficar pensando no martírio proporcionado pelo meu estado gasoso.

Estava decidido: eu ia dar – sem querer fazer trocadilho – o melhor de mim!

Escolhi uma camisola preta. A peça era curta, justa e de tecido rendado. A transparência da renda deixava o corpo inteiramente à mostra, com exceção dos seios. A lingerie, na altura do busto, tinha bojo de enchimento, o que aumentava o tamanho dos seios e os deixava quase que completamente descobertos. Optei por não usar nenhum perfume. Meus cabelos estavam supercheirosos e julguei que isso seria suficiente.

Quando Dentinho saiu do banho, somente envolto na toalha da cintura para baixo, me encontrou em pé. Eu estava com as mãos na nuca. Comecei levantando meus cabelos loiros devagar, depois, os deixei cair sobre os ombros. Repeti o gesto algumas vezes, enquanto fazia um giro lento com o corpo, 360 graus. Dentinho pôde conferir tudo. Quando eu estava de costa para ele, mexi o quadril sutilmente. O glúteo fez um movimento para o lado direito e depois para o esquerdo. Quando concluí o giro e voltei a ficar de frente para ele, o Dentinho ainda estava no mesmo local, mas a toalha havia caído. Ele já estava completamente excitado. Gostei do que vi: um pênis tamanho básico, mas duro e ereto!

Dentinho, que estava na porta do banheiro, esticou o braço e apagou a luz, que ainda estava acesa. Ficamos somente com a iluminação de um abajur.

Ele caminhou em minha direção. Eu estava em frente à janela. As cortinas já haviam sido fechadas.

O Dentinho foi se aproximando, ofegante. Ele enfiou as duas mãos pela minha nuca e segurou com força os meus cabelos. Começamos a nos beijar.

Beijos, muitos beijos, bem molhados, firmes, profundos, quentes, alucinadamente saborosos.

Não dá para negar: o beijo é um importantíssimo potencializador do desejo. Um beijo caprichado não garante que seu amante seja 100% competente, considerando todos os aspectos que envolvem aquele momento a dois, mas, sem dúvida, garante uma largada de primeira!

Beijos maravilhosos diminuem e, muitas vezes, fazem desaparecer, qualquer chance de você resistir à entrega total.

Beijo é magia! É vertigem. Você fecha os olhos e é transportado para um lugar onde não existe nada, exceto seu corpo caindo lentamente na infinidade do Universo.

Quando o que vem depois da etapa dos beijos é igualmente fantástico, você pode querer parar o tempo. Não estranhe se você desejar morrer para eternizar aquele momento!

O beijo do Dentinho era bom, as mãos dele eram fortes e acariciavam meu cabelo de um jeito gostoso e poderoso. Eu me senti desejada e me entreguei completamente. O desconforto foi sendo substituído pelo desejo. O efeito do vinho somou-se à luxuria. Senti meu corpo flutuando.

Ficamos ali nos beijando e nos acariciando por um longo tempo. Mas o tempo foi passando e nada mais acontecia. Comecei a desconfiar de que a competência do Dentinho se limitava àquela etapa, dali para frente ele tinha alguma dificuldade de coordenar.

Assumi as iniciativas. Depois de mais algumas carícias, peguei um preservativo. Enquanto colocava o adereço, Dentinho apertava, meio desajeitado, os meus seios.

Montei sobre ele e comecei com movimentos lentos. Dentinho parecia sem muita intimidade com a dinâmica. Ele acariciava minhas coxas, mas o fazia de forma patética, quase mecânica. Ele fechou os olhos e gemeu baixinho, mantendo o corpo parado.

Eu não estava entendendo nada!

Onde estavam aquelas mãos firmes de minutos atrás?

Tratei de me concentrar para não desanimar. Acelerei os movimentos, mas ele continuava parecendo que estava desmaiado.

Sinceramente, achei aquilo muito esquisito. Não parecia o mesmo homem que, minutos antes, beijava-me com voracidade e competência. Comecei a ficar encafifada. Pensei que ele pudesse estar muito cansado e um tanto bêbado, combinação que teria comprometido seu desempenho.

Será efeito do vinho? Ou será que ele também está com gases?!

Sei lá, mas era certo que naquele ser humano existiam dois homens diferentes. Um, com beijos ardentes e, outro, um trepador de quinta!

O mais curioso é que o pau dele continuava firme e forte. Aquilo era surreal! A gente se depara com cada coisa, viu?

Resumo: Dentinho só sabia beijar!

Eu, hein!

Tudo o que eu queria era terminar logo aquela trepada e dormir. Então, caprichei nos movimentos. Porém, passados alguns minutos, aquela movimentação toda fez com que o meu desconforto abdominal superasse o poder da minha mente.

Placar final:

Gases: 10 x Controle da Mente: 0.

Dentro da minha barriga parecia haver um óvni. O vinho e o amendoim estavam fermentando. Eu parecia estar grávida de nove meses. Comecei a me sentir realmente muito mal.

Aí a situação ficou sem controle.

Não sei explicar como aquilo aconteceu, só sei que, quando me dei conta, ali mesmo, montada no Dentinho, soltei um pum.

Que situação, meu Deus do céu!

Talvez porque eu estivesse um pouquinho bêbada, eu não tenha conseguido controlar, só pode ter sido isso!

Aquilo nunca tinha me acontecido, foi um fato completamente novo e constrangedor para mim. Por uma fração de segundos, fiquei sem saber o que fazer.

Sem pensar muito, as palavras pularam da minha boca:

— Ai, desculpa! — Foi só o que eu falei.

Dentinho continuou na posição em que estava e não disse nada, aliás, não teve nenhuma reação. Eu continuei com a minha cavalgada.

O que eu poderia fazer? Já tinha saído mesmo!

Acho que, por causa do vinho, não fiquei constrangida como talvez teria ficado se estivesse sóbria. Ajudava também o fato de o Dentinho não ter se revelado um homem sexualmente poderoso. Porque, se assim fosse, eu teria preferido a morte.

Continuei trabalhando e só parei instantes depois, quando o Dentinho, com um gemidinho um pouco mais potente, gozou e eu soltei o segundo pum.

Novamente, nenhuma reação da parte dele.

Mas o pior ainda estava por vir. Acreditem se quiser, apesar do desempenho lamentável, depois que gozou com seu gemidinho de araque, o Dentinho se levantou, estufou o peito magro e caminhou em direção à mesa. Enquanto tomava um último gole de vinho, encarou-me com um olhar vaidoso. Estava se sentido um macho potente. Sorriu. Foi um sorriso convencido, pretensioso.

— Você acabou comigo! Que noite maravilhosa!

Voltou para cama, me deu um beijinho na boca e dormiu no mesmo instante. Sono de bêbado: profundo e barulhento.

Fiquei com os olhos abertos, alerta. Encarei o teto branco por alguns minutos. Depois, corri para o banheiro e liberei todos os gases que quiseram sair de dentro de mim.

Eu sei que não fica bem para uma moça contar uma história dessas, mas a gente não pode fingir que a vida é só glamour, né?

Quando amanheceu, com a desculpa de evitar o possível congestionamento nas estradas, insisti com o Dentinho para que voltássemos no sábado. Relutante, ele concordou.

Os dias seguintes foram iguais, beijos bons e nada mais. Uma única diferença: nenhum pum inesperado deu as caras.

Nunca me senti tão feliz de ter entrado em casa depois de apenas três dias fora.

Fazendo um balanço da viagem, cheguei à seguinte conclusão:

Praia: Deslumbrante

Natureza: Extravagante

Sol: Escaldante

Brisa: Refrescante

Água de coco: Abundante

Romance novo: Frustrante

Sexo: Brochante

O Dentinho e eu nunca mais saímos. Estou fugindo dele até hoje!

Eu, hein!

Depois daquele fim de semana, voltei firme para o meu propósito de "dar um tempo sozinha".

Mas nunca se sabe, né?

EU COMANDO ESSE SHOW, BABY!

Prefiro um homem brocha a um homem covarde!

Prefiro um homem feio, ciumento, chato, pegajoso e até canguinha, a um homem covarde!

Covardia não dá!

Como vocês podem perceber, eu estava muito louca da vida!

A expressão que eu gostaria de usar não era bem essa, mas como a educação não me permite, fico com ela mesmo: muito louca da vida!

Vocês vão me dar razão!

Nem sei por onde começar. Acho que pode ser pela mensagem que recebi naquela manhã. Mas, antes, acho melhor dar algumas informações para melhor entendimento dos fatos.

Naquela terça-feira, quando o alarme do celular tocou às oito horas, eu estava tão cansada que tive a sensação de que não havia dormido nada. E era quase isso mesmo: tinha ido me deitar às 5h20. Apaguei imediatamente. Depois de exatas duas horas e quarenta minutos de sono, o alarme disparou. Que pesadelo!

Tudo por causa do meu chefe.

No dia anterior, segunda-feira, logo depois do almoço, nós estávamos reunidos na sala dele. Interrompemos a reunião para ele atender a uma ligação da presidente da empresa. Fiquei parada em silêncio, testemunhando-o se desmanchar em sorrisinhos e solicitudes. Senti o perigo se aproximando, quando, da boca dele, saíram frases como "sim, entendo", "é claro", "pode deixar". Eu o conhecia muito bem; sem dúvida ele estava se comprometendo com tarefas impossíveis de serem entregues em prazos razoáveis.

Um mau humor começou a tomar conta de mim. O que eu menos desejava era ter que sair da empresa muito tarde naquele dia, mas soube que meus planos tinham ido por água abaixo quando as últimas palavras dele foram pronunciadas com um olhar sonso na minha direção.

— Não tem o que agradecer, você sabe que pode *contar comigo*! — disse, já se despedindo.

Contar comigo?!

Meu chefe só havia se esquecido de dizer que "comigo", na verdade, atendia pelo nome de Érika. Eu mesma, essa que vos fala!

No meu silêncio furioso, chamei-o de cínico, cara de pau, folgado e tudo o mais que me veio à mente.

Resumindo a encrenca: teríamos que fazer uma apresentação com uma infinidade de números, projeções e análises, tudo para ser entregue no dia seguinte às quatro da tarde. Trocando em miúdos, eu tinha 24 horas para concluir a labuta.

Não havia tempo para alimentar minha gastrite com ira e lamúrias. Então, mobilizei alguns funcionários da minha equipe e mãos à obra.

Não era a primeira vez, e certamente não seria a última, que ele me aprontava uma dessas.

O objetivo?

Simples: puxar o saco da presidente.

A equipe e eu decidimos, independentemente do tempo que levasse, só sair da empresa depois que terminássemos o trabalho. Eles poderiam tirar o dia seguinte de folga, mas eu voltaria cedo para revisar tudo, afinal, era uma imensidão de dados e eu precisava ter certeza de que nada havia nos escapado.

Não tolero falhas, principalmente as minhas.

Enfim, falando com lucidez, eu era tão responsável quanto o meu chefe, afinal, eu nunca dizia "não"!

É óbvio que isso não fazia diminuir minha raiva.

Dito isso, o contexto está dado e vocês já sabem a quantas andava o meu humor naquela manhã. Então, podemos voltar a falar da mensagem. Sim, a maldita mensagem que vi no WhatsApp assim que peguei o celular para desligar o alarme.

Vou escrever aqui integralmente o que os meus olhos, exaustos e que pareciam estar cheios de areia, leram.

"Eu não consigo parar de pensar em você. Por favor, vamos conversar". Nessa parte, ele colocou um *emoji* com carinha triste. *"Posso passar na sua casa à noite? Diz que sim, vai..."*. *Emoji* de mãos juntas como se estivesse em oração.

O cansaço infernal deu lugar a uma ira nunca sentida antes em toda a minha vida.

O nome da besta-fera que havia me mandado a mensagem é Marcelo, mais conhecido na praça como Marcelinho.

Por aquele ordinário, eu tinha sofrido como louca!

Por aquele covarde, eu tinha passado pelo purgatório ainda viva!

E, porque o mundo é um lugar muito esquisito e a vida gosta de aprontar com a gente, com aquele mesmo infeliz eu havia protagonizado as cenas de amor e sexo mais extraordinárias que se possa imaginar.

Como pode ser possível ter momentos de tanta felicidade e sofrimento com o mesmo sujeito?

Julguei que aquela mensagem merecia uma resposta à altura, mas, naquele momento, eu tinha um relatório esperando por mim para ser revisado.

Marcelinho teria que esperar, mas era certo que daquela vez eu não engoliria aquela palhaçada. Não, não depois de tudo o que ele já havia aprontado.

Ô sujeitinho cara de pau! Que ousadia pedir para me ver!

Bom, antes que eu conte a história toda, vocês já podem concluir que aquela raiva estratosférica era simplesmente porque a lembrança dele, mesmo contra a minha vontade, ainda me provocava arrepios de saudade e, é claro, de tesão.

E é simples entender os motivos:

O encontro da nossa pele foi a melhor coisa que já senti em toda a minha vida.

Com ele, amor e sexo eram sinônimos perfeitos.

Para ser bem sincera, a palavra que melhor traduzia o que fazíamos é trepar. Por favor, perdoem-me pela grosseria, mas essa é a mais pura verdade. A gente trepava como bicho.

Cheirava, lambia, chupava, mordia, engolia, gritava, gemia...

Foi assim desde o primeiro dia.

Fomos apresentados por uma amiga em comum, quando casualmentenos encontramos na praia. Nunca havia passado tanta sacanagem na minha cabeça em tão pouco tempo quanto o que pensei e desejei já nos primeiros trinta segundos em que éramos apresentados.

Os olhos dele pararam fixos sobre mim.

Pensem em um homem gostoso, com pinta de quem sabe trepar como gente grande.

Não era um olhar bobo, do tipo que baba por qualquer fêmea. Era olhar de bicho-homem.

Eu nunca havia me imaginado fazendo uma coisa dessas, mas a minha vontade foi sair dali e ir para cama com aquele estranho. Queria tocar nele, beijar, queria ficar de quatro e engolir o corpo dele.

Não me perguntem o que foi aquilo, porque eu só sei sentir, mal sei entender, imaginem explicar.

Trepamos já no nosso primeiro encontro. Nada de restaurante, pegar na mão, passear no shopping, ir ao cinema. Nada! Durante uns dois meses, só havia isso: sexo. Não queríamos dividir nossa atenção com nada, nem com ninguém.

Na época, eu morava em um flat. Lembro-me de tudo como se fosse hoje, apesar dos mais de dez anos que já se passaram.

Eu vestia uma calça jeans branca, camiseta de malha bem molinha, azul-clara, com decote em V. Ele chegou vestido em um jeans azul-marinho e camiseta básica preta.

Vocês podem se perguntar por que eu não estava vestida com algo sensual.

A resposta é simples: queria que ele arrancasse a minha roupa, me despisse. Sem falar que julguei ser muito óbvio usar uma lingerie estilo pronta para matar.

Quando abri a porta, só pensei em uma coisa: meu Deus, que homem lindo!

Pausa para explicação: para mim não há homem mais lindo no mundo do que aquele que eu desejo. Imaginem quando ele é bonito mesmo!

Ele não falou nada, ficou parado na porta, me fitando com aqueles olhos de bicho. Meu coração estava galopando rápido dentro do meu peito. Ele se aproximou, pegou a minha mão e fez com que eu tocasse o peito dele. Parecia que sabia que as batidas do meu coração também estavam disparadas. Peguei a mão dele e fiz o mesmo. Ficamos paralisados, somente nossas mãos tocando um no outro, sentindo nossos corações unidos no mesmo ritmo e nossos corpos em alta tensão, quase dando choque. Nós nos deliciamos naqueles segundos que antecediam nossa entrega total. Então, o olhar dele amoleceu, olho de peixe morto.

Fechamos a porta.

Ele me agarrou pelos cabelos e começamos a nos beijar. A boca dele estava molhada, suculenta. Foram os beijos mais extraordinários da minha vida. Melhores do que eu havia sonhado desde o primeiro momento em que o conheci. Ele arrancou a minha roupa, já ensandecido.

Quando nossos corpos nus se tocaram, tive certeza de que aquela seria a melhor trepada da minha vida. Eu *nunca* havia sentido nada igual. Não parecia haver *meu* corpo, *minha* pele. O corpo *dele*, a pele *dele*. Era a mesma coisa, éramos extensão um do outro.

Nos abraçamos com força, com amor, tesão, loucura!

Beijei o pescoço dele e comecei a descer até ficar de quatro. Em pé, ele apreciava pelo espelho a cena daquela que foi a melhor chupada da vida dele.

É, modéstia à parte, chupar um pau é uma das minhas especialidades.

Chupei, lambi, engoli. Com força, devagar, bati no meu rosto, passei os dentes, apertando com cuidado para não machucar, mas com pressão suficiente para ele se sentir devorado.

Empinei a bunda e ele agradeceu:

— Isso, empina essa bunda gostosa, cadela!

Em alguns momentos, me segurou pelos cabelos, fazendo com que eu diminuísse as carícias e o ritmo, do contrário, ele que estava enlouquecido de tesão, iria gozar. E tudo o que ele não queria era encerrar aquele momento.

Ele fez com que eu me deitasse no chão. Começou beijando os meus pés, foi subindo e parou um pouco antes de chegar à vagina. Afastou as minhas pernas e, com aquele olhar de bicho abatido me encarando, enfiou os dedos dentro de mim. Soltei um gemido. Ele mexeu com força. Olhando nos olhos dele, gozei. Eu estava muito molhada. Ele afastou ainda mais as minhas pernas e passou a língua no meu clitóris. Chupou, fazendo um movimento delicioso. Deslizei meus dedos pelos cabelos dele.

Ficamos assim, nos acariciando por um bom tempo, até que, vencidos pelo desejo, ele me colocou de quatro na cama e socou o pênis com tanta força que senti meu corpo estremecer por dentro.

— Pode gemer, minha cadela, eu só estou começando.

Aquele pau grosso, extraordinariamente duro como uma rocha, socou, socou, socou...

Ele segurou o meu quadril com força e ordenou:

— Empina mais essa bunda, cadela!

Obedeci.

Então, se acabando de tesão, ele disse:

— Não tô aguentando mais, eu vou gozar.

Endoidei! Gozamos juntos. Ele gemeu gostoso e ainda ficou dentro de mim por alguns instantes.

Aquela não foi a única trepada da noite.

Mas, antes do segundo tempo, o Marcelinho mostrou que entendia bem das coisas. O cara sabia como agradar.

Ficamos abraçadinhos. Ele ficou me olhando, acariciando meu rosto, meu corpo, beijando minha boca, afagando meus cabelos e falando delícias:

— Como você é cheirosa! Como você é gostosa! Essa foi a melhor gozada da minha vida!

Ficamos ali grudados por um bom tempo, até que as carícias passaram para outro patamar: o carinho foi substituído por luxúria.

Voltamos ao jogo!

Ele apertou os meus dois seios, depois, ainda os segurando, deixou os mamilos livres e se deliciou. Chupou com habilidade, ora com força, ora com mais força. Ora lambendo, ora mordendo devagar.

Deitou-se sobre mim e, beijando o meu pescoço, me penetrou novamente. Senti aquele peso delicioso, a pele macia, o suor dele se juntando ao meu.

Dali por diante, alteramos algumas vezes de posição. Por fim, soltei-me dele. Marcelinho ficou esticado na cama e eu dediquei vários minutos ao seu pau, enquanto ele puxava meu cabelo, gemia, pedia para eu continuar. Gozou na minha boca.

Adormecemos.

Algumas vezes, despertei e foi maravilhoso sentir o perfume dele.

É simplesmente incrível: a minha pele parece ter sido impregnada por aquele cheiro. Continua presente na minha memória até hoje.

Às vezes, eu me pergunto se um dia isso passará...

No dia seguinte, tive dificuldade para trabalhar, não conseguia ficar concentrada. Mais de uma vez, tive que puxar meu pensamento para o que eu estava fazendo. E o Marcelinho não ajudou muito. Passou o dia mandando mensagens, queria me ver novamente. Eu estava esgotada, mal havia dormido à noite, mas quem conseguiria dizer não?

Definitivamente, não seria eu!

Saí do trabalho correndo, tinha que lavar e escovar o cabelo e escolher uma lingerie sensual – diferentemente do nosso primeiro encontro, naquela noite eu queria vestir algo especial.

Ele chegaria em casa às 20h30, o que significava dizer que eu tinha uma hora e meia pra me produzir. Pouco, muito pouco!

O barulho do secador quase me impediu de ouvir o interfone. Tomei um baita susto:

— Meu Deus, será que ele já chegou?

Eram 20h10 e eu ainda tinha, no topo da cabeça, três montinhos de cabelo presos com piranhas para secar.

Era um funcionário da portaria do flat dizendo que havia uma encomenda. O mensageiro subiria para levar.

Abri a porta e fui surpreendida com um ramalhete de rosas. Primeiro, fiquei surpresa e feliz. Depois, fiquei tensa. E explico a razão: Pensei que as flores poderiam ser um pedido de desculpas. Minha mente ansiosa imaginou que ele teria desistido do nosso segundo encontro e, para não ficar totalmente mal na foto, mandou flores no lugar dele.

Desencantada da vida, abri o cartão que acompanhava as flores:

"Não sei o que o futuro nos reserva, mas tenho certeza de que você é a mulher da minha vida! Até já, minha delícia"

Comecei a tremer. Acho que aqueles segundos foram os mais felizes da minha vida. Senti um amor tão grande, tão intenso por aquele homem, que tive a impressão de que meu coração ia parar. Por alguns segundos, fiquei imóvel, completamente anestesiada, lendo e relendo as palavras dele.

Então, dei um pulo, já soltando um dos montinhos de cabelo. O secador voltou à ação.

Marcelinho chegou e, com ele, o cheiro maravilhoso e o olhar de bicho abatido.

Ficamos abraçados por alguns segundos ou minutos, sinceramente, não sei dizer.

Senti a língua dele no meu pescoço. Passou as mãos pelo meu corpo, indo e vindo pelas minhas costas e bumbum. Ficamos em silêncio. Mantive os olhos fechados, sentindo a mão dele passeando por mim. Beijou minha boca.

O mundo girou.

Marcelinho fez com que eu me virasse, ficando de costas. Então, apertou meus seios com força e deslizou uma das mãos pela minha vagina. Os dedos entraram com tanta força que pareciam querer abrir caminho para o braço inteiro entrar. Não controlei o gemido e ele, sabendo que estava agradando, fez os dedos dançarem dentro de mim. Gozei tanto que encharquei a mão dele.

Ele me colocou de quatro e, como na primeira vez, socou profundamente.

Gozei! Mas, naquela noite, eu realmente não estava para brincadeira: queria mais! Então, fiz com que ele se deitasse. Fiquei em pé na cama, de costas para ele. Empinei bem a bunda e fui descendo até que minha vagina fosse se encaixando nele devagar. Ele gemeu alto e eu empinei mais a bunda. Como estava de costas para ele, não pude apreciar o prazer estampado no seu rosto, mas os gemidos não deixavam dúvida.

Subi e desci, de forma lenta, depois, mais rápido e profundamente. Rebolei o quadril, fazendo o pau duro mexer dentro de mim. Apertei o pênis dele, contraindo a pelve com força. Ele gemeu loucamente.

— Para, para um pouco senão eu vou gozar — suplicou.

Relaxei só um pouco, mas não demorei e prendi novamente, fazendo minha pelve sugar com mais força o pau dele dentro de mim.

Ele gozou com um gemido impressionante. Olhei para as pernas dele, a pele estava completamente arrepiada.

Vivemos muitas noites iguais àquela.

Corrigindo: iguais, não! Concordo que em intensidade, sim, mas tudo aquilo foi apenas uma introdução ao que veio depois. Marcelinho e eu fomos ao limite de sanidade. Ou talvez tenhamos o ultrapassado? Mas me pergunto: existem limites entre duas pessoas que se desejam? E, se existem, quais são e quem os estabelece?

Mais detalhes do que vivemos, talvez outro dia...

O fato é que, com o passar do tempo, descobrimos que além do tesão descontrolado que nos unia, havia muito carinho. Desenvolvemos enorme adoração um pelo outro.

Com ele, aprendi que sexo é uma forma extraordinária de amor. Amor bruto, mas amor.

Eu já havia feito, e às vezes ainda faço, sexo como entretenimento, como lazer. Sempre que isso acontece, estou com homens pelos quais me sinto atraída. Mas usar a palavra "atração" para descrever o que Marcelinho e eu sentíamos um pelo outro seria simplificar vulgarmente um sentimento que estava além da racionalidade.

Essas coisas só acontecem quando e porque a recíproca é 100% verdadeira. Aquele homem literalmente babava por mim!

Fora isso – e a idade, eu com 28 anos e ele com trinta –, nossas vidas eram completamente diferentes. Eu, lutando como louca para prosperar na vida, ele, nascido em berço esplêndido. Eu, trocando férias por mais trabalho, mais dinheiro para garantir que minha família e eu nunca mais voltaríamos à miséria. Ele, curtindo férias em estações badaladas de esqui ou em praias famosas por suas ondas. Eu, prosperando na empresa em que trabalhava. Ele, cada dia mais rico trabalhando no grupo empresarial da família. Eu, dedicando todo tempo disponível para os estudos. Ele, curtindo a noite em festas concorridas e cheia de gente bonita.

Não éramos namorados, não éramos amantes, éramos apenas um homem e mulher que se amavam. Sim, nós nos amávamos. Enquanto estivemos juntos, ele foi um dos homens mais carinhosos e gentis que conheci. Era dono de um caráter muito humilde e um sorriso doce. Um menino grande.

A verdade é que estávamos aprisionados um ao outro. Dependentes do sabor, das taras um do outro.

Ficamos juntos durante uns dois anos. Não me perguntem por que paramos de nos ver. Muito provavelmente porque ele estava vivendo *la vida loca* e eu me preparando para fazer um curso no exterior, onde fiquei por três anos. Tentando não sofrer, decidi que não nos falaríamos mais. Incluí na decisão, não ter notícias dele. Hoje, penso que aquilo foi um exagero, mas justifico dizendo que foi necessário, do contrário, talvez eu tivesse desistido dos estudos...

Quando voltei, não o procurei, mas soube através de amigos em comum que ele havia se casado e tinha dois filhos. Os meninos eram gêmeos.

Não consigo explicar o que senti. Só sei que não foi bom! Senti uma tristeza cruel. Definitivamente, aquele não havia sido um relacionamento fácil de ser entendido, explicado ou, pior, esquecido.

Então, fiz o que pude para deixar o Marcelinho onde ele não poderia me machucar: no passado. Tratei de focar na minha própria vida, leia-se trabalho. Para mim, essa sempre foi a melhor maneira de sobreviver a qualquer dor: foco no meu trabalho.

Eu havia sido contratada por uma grande empresa, ocupava um cargo de Superintendente. Estava feliz com os caminhos da minha vida profissional. Naquele período, conheci alguns homens com os quais me relacionei, os tais entretenimentos. Caras bacanas, sexo bom. Mas não adiantava, muito embora eles não fossem amantes desprezíveis, nenhum superava o que eu havia vivido com o Marcelinho.

O fato é que aquele amor ficou guardado dentro de mim, como uma ferida aberta que eu fingia estar fechada.

Até que em uma certa noite...

Passados uns seis meses da descoberta sobre mulher e filhos, eu estava em um evento de uma montadora de veículos, quando tive a sensação de que alguém estava me observando. O lugar estava cheio, com burburinho alto, bebidas sendo distribuídas por garçons que não deixavam ninguém de copo vazio. Olhei para os lados e não vi ninguém me olhando de forma mais insistente. Havia muitos homens por lá, alguns deles olhando para todos os lados. Enfim, nada que justificasse a sensação que eu sentia. Não dei mais atenção; em vez disso, tratei de pegar mais uma taça de champanhe.

Estava distraída conversando com um grupo de pessoas quando senti um corpo passar ao meu lado. Sabe uma coisa que parece acontecer em câmera lenta? Foi assim que meu cérebro registrou: tudo muito lentamente. Mal vi quem era. Só tive certeza de que um homem havia passado ao meu lado, quase roçando no meu braço.

Senti um arrepio daqueles de fazer a gente acreditar em forças ocultas, em outras vidas, outra dimensão ou outra coisa qualquer. Só não me pareceu ser coisa deste mundo!

O arrepio não cessava e era tão forte a ponto de a minha pele ficar dolorida, como se eu estivesse com febre.

Naquele exato momento, uma amiga me apresentou um sujeito que havia se aproximado, o que me distraiu e me tirou do transe.

Mas, mesmo assim, por alguns instantes, ainda fiquei meio alheia, parecendo que estava anestesiada.

No local, o vai e vem de gente, circulando para lá e pra cá, continuava.

Não sei ao certo como aconteceu, só sei que, a alguns metros de mim, o rosto dele entrou no meu campo de visão.

Primeiro, tive a sensação de não estar enxergando bem, meus sentidos estavam turvos. Seria a champanhe borbulhando na minha cabeça?

Não, não era!

Marcelinho estava ali, a alguns metros, parado e me olhando com os mesmos olhos que um dia eu vi na praia, mas havia mais alguma coisa naquela noite. Havia deslumbramento, havia saudade.

Senti uma mistura de alegria e desnorteamento. O burburinho pareceu silenciar, e não ouvi mais nada.

Por alguns instantes, ficamos nos olhando de longe. Então, ele caminhou na minha direção. Deixei o grupo em que estava para também caminhar na direção dele.

Já bem próximos, paramos. Ele deu um sorriso. O mesmo sorriso de menino que eu conhecia bem.

— Como você está linda! — Foi só o que ele falou.

Abraçou-me muito forte. Senti afeto e amor envolvida nos braços dele.

Como na primeira vez em que nos encontramos no flat, ele pegou a minha mão e fez com que eu tocasse o peito dele. O coração estava disparado.

— Como você está linda! Como você é linda! Que saudade de você! — repetia ele.

Graças ao bom Pai, eu estava me sentindo poderosa! Para minha sorte, mesmo não estando entusiasmada com o evento – só estava ali por insistência de uma amiga –, eu tinha me montado inteira. Coloquei um vestido azul, elegantemente justo e na altura dos joelhos. Mangas longas com detalhes de pedrinhas no punho. Corte e tecido bons. O azul contrastava com meu cabelo castanho-escuro. Eu estava maquiada e perfumada.

Não nos víamos havia tanto tempo, e fiquei feliz que nosso reencontro se desse naquelas circunstâncias. Imaginem o contrário! Eu tendo ido direto da empresa, sem um banho, sem uma roupa bacana e um toquezinho de maquiagem para disfarçar o cansaço do longo dia de trabalho.

Jesus Cristo! Muito provavelmente, eu ia sumir daquele lugar.

Não, não, nenhuma mulher merece passar por um perrengue desses.

Nós nos abraçamos várias vezes, intercalando frases curtas em que expressávamos nossa felicidade por estar ali na frente um do outro.

Enquanto eu estava nos braços dele, um filme passava pela minha cabeça. Um filme sem fim, afinal, aquela história havia ficado inacabada.

Fiquei confusa e sentimentos se misturavam na minha cabeça. Mas eu sabia de uma coisa: era maravilhoso sentir o corpo dele junto ao meu novamente.

Ele segurou as minhas mãos e me surpreendeu com uma pergunta.

— Fala pra mim, o que deu errado entre nós? Por que estamos aqui, hoje, nesta situação?

Aquela pergunta jogou um balde de gelo sobre mim e me trouxe à realidade. Senti uma angústia, uma raiva dele e, mais do que isso, interpretei mal aquela pergunta, justamente naquele momento em que a água já tinha vazado da panela, com nossas vidas caminhando em direções radicalmente opostas.

Diante do meu silêncio, ele repetiu:

— O que deu errado entre nós?

— Marcelinho, o que passou, passou. Vivemos o que tínhamos que viver e ponto.

— Érika, como você pode falar uma coisa dessas? Você acredita mesmo que o que nós sentimos passou?

— O que eu acredito não faz a menor diferença no contexto atual, você não acha?

— Não faça assim. Até porque você não sabe do amanhã...

— Não sei do amanhã porque ainda não aprendi a jogar búzios, mas o que eu sei hoje, pode acreditar, já me basta.

Ele tentou levar na brincadeira:

— Então, o que é que você sabe, Dona Érika?

— O que eu sei é que você, quando sair daqui, vai para sua casa, cuidar dos seus filhos e dormir ao lado da sua mulher — falei pausadamente, olhando firme nos olhos dele e, embora eu tenha tentado disfarçar, com um pouco de irritação na voz.

— Você não sabe de nada. Você não sabe de nada!

Olhei pra ele com ironia, sentindo uma das minhas sobrancelhas se levantando.

— Não adianta me olhar assim. Você sabe tanto quanto eu que tudo o que eu queria neste momento era ter você. Você sabe que você foi e é a mulher da minha vida. Eu nunca sentirei por nenhuma mulher o que eu sinto por você.

— Marcelinho, sabe o que esse papo está me parecendo?

— Não, eu também não jogo búzios. — Ele sorriu me dando mais um abraço e tentando desfazer a tensão. — Como eu adoro você! Vamos lá, pode falar mal do meu papo.

— Sabe aqueles homens que casam, rapidamente se cansam da rotina de casado e ficam loucos pra passar umas horinhas com outra mulher? Então, é isso que o seu papinho pra lá de manjado está me parecendo.

— Érika, você não sabe de nada mesmo. Você vai engolir essas palavras.

— Tá bom, enquanto isso, vai cuidar da sua família, vai.

— Você é de morte mesmo!

Sorrimos, nos abraçamos fortemente mais uma vez e eu me despedi dele e do evento.

Cheguei em casa sentindo um vazio monstruoso. A ferida, que estava quietinha no cantinho dela, emergiu. Uma coisa dentro do meu peito me comia viva. Sentei-me no sofá e fiquei no escuro, com uma confusão instalada na cabeça. Quanto tempo fiquei sentada ali, não sei. Só sei que dormi ali mesmo, vestida. Às cinco da manhã, acordei sentindo um frio danado e uma infelicidade extrema.

Nem tentei conter as lágrimas que, apesar de abundantes, não foram suficientes para diminuir a minha angústia.

Depois de muito choro, chamei-me de volta à realidade.

— Chega! Já chorou, já sofreu? Então, agora chega!

Percebi que as lágrimas não eram só por ele. Havia algo mais. Talvez fosse por imaginar que ele estivesse vivendo com outra o mesmo que eu achava tão nosso, tão impossível de se repetir.

Que dor, meu Deus!

Por um momento, desejei voltar no tempo; teria feito escolhas diferentes na vida. Certamente teria enfrentado dores, frustrações e sofrimento, mas não aquela dor.

Aquela dor era grande demais para mim.

Deixei minha imaginação me levar para os meus dezesseis anos. Fiquei pensando sobre quais teriam sido as escolhas que minhas melhores amigas da escola haviam tomado.

O que andavam fazendo aquelas meninas?

Será que elas também tinham arrependimentos?

Nossa, que tristeza, que nostalgia!

O dia clareou e tratei de me puxar daquele poço emocional. Tomei um banho, peguei uma maçã e fui trabalhar que eu ganhava muito mais.

Passei dias de muita inquietação, frustrada e devastada. Enquanto estava trabalhando, tudo bem, o problema mesmo era quando eu encostava a cabeça no travesseiro. Ah, aquela era a minha hora da verdade, a hora de enfrentar os meus demônios.

Mas, como dizem, o tempo é senhor de todas as coisas. Fui melhorando.

Uns quatro meses depois do encontro inesperado, ele me ligou. Fiquei olhando o nome dele na tela do celular enquanto pensava se atendia ou não à ligação.

Vocês têm alguma dúvida do que eu fiz? Não, né?

Atendi.

Ele queria me ver. Precisava me ver. Tinha que conversar comigo. Tinha que ser naquela noite.

Eu disse que não.

Ele insistiu, disse que não tentaria tocar em mim, que eu não precisava me preocupar, ele não estava atrás de uma trepada...

Bom, conhecendo Marcelinho como eu conhecia, sabia que era impossível ele não estar a fim de uma boa trepada. Mesmo assim, concordei. Ele passaria em casa umas nove da noite.

Não vesti nada especial. Já estava bastante ansiosa, sem falar que aquilo acabou despertando minha curiosidade, pensando no que ele teria para me falar. Então, não quis colocar ainda mais estresse sobre mim, experimentando roupas e mais roupas, só para depois chegar à conclusão de que deveria ter vestido uma bem diferente da que havia escolhido.

Depois das oito e meia, meu coração disparou. Fiquei tensa, sem conseguir me concentrar em nada. Os minutos foram correndo: 20h40, 21h, 21h30, 22h, 22h20... Nada!

A ansiedade deu lugar ao mau humor. Liguei e ele não atendeu. Desisti.

Coloquei o celular no modo silencioso porque era a melhor coisa a fazer.

Tirei a roupa, vesti um pijama quentinho de flanela com desenhos de Papai Noel que eu havia comprado em uma liquidação de inverno nos Estados Unidos.

Detalhe: dias antes, tive uma reação alérgica a um creme com ácido, o que provocou inchaço e escureceu o contorno dos meus olhos. Em resumo, depois que limpei a pele, retirando a base e o corretivo, fiquei idêntica a um urso panda. Mas, considerando o contexto, certamente aquele era o menor dos meus problemas, pelo menos naquele momento.

Para dar um perdido na minha frustração, concentrei-me na frase clássica: Deus sabe o que faz!

Certa de que não conseguiria dormir, decidi assistir a um filme. Como eu não comia havia horas, antes fui até a cozinha e preparei uma tapioca. Para rechear, peguei uma fatia de queijo branco e torrei em uma frigideira. Distraí-me e, quando percebi, o queijo estava queimando. Meu minúsculo apartamento virou um fumacê só.

Aquilo também não era importante. Apesar do frio, escancarei as janelas para que eu também não ficasse com perfume de queijo queimado.

Comendo minha tapioca com queijo esturricado e assistindo ao filme, senti um conforto emocional incrível.

Estava devorando o último pedaço quando o interfone tocou. Não atendi; em vez disso, fui checar o celular. Havia dezenas de ligações perdidas e mensagens. A última dizia: "*por favor, pelo menos me fale que tá tudo bem com vc, tô preocupado!*"

Pelo que calculei, ele tinha chegado no prédio uns quinze minutos depois de eu ter desistido de esperar.

Fiquei igual a uma barata tonta andando pela casa, enquanto o interfone continuava tocando. Certamente era ele na portaria.

Em uma fração de segundo, perguntas iam martelando o meu cérebro:

"Atendo ou não atendo o interfone?"

"Deixo ou não o deixo subir?"

Adivinhem o óbvio:

Atendi o interfone, e...

Deixei ele subir.

Às pressas, arranquei o pijama de Papai Noel e o corretivo voltou para disfarçar a olheira da panda que existia em mim. Mas, com o pouco tempo que eu tinha, não deu para fazer grande coisa. O jeito foi colocar pouca luz na sala.

Que inferno!

Praguejei, porque o que eu menos queria era dar a impressão de ter montado um clima romântico com pouca luz e coisa e tal. Mas era isso ou revelar a panda!

E o cheiro de queijo queimado?!

Não havia o que fazer.

Minha respiração ficou irregular e meu coração em ritmo de bateria de escola de samba.

Quando a porta do elevador se abriu, não foi nada fácil disfarçar a minha ansiedade. Mas, se a gente pensar bem, tudo pode ficar mais simples, é só deixar a natureza cumprir seu papel imperioso: um homem, uma mulher, e o santo desejo falando pelos dois.

Diante da porta, ele colocou as mãos nos meus ombros e me empurrou de leve, fazendo com que ambos entrássemos no apartamento.

Ele me deu um abraço forte, quente.

Minhas pernas amoleceram por completo.

— Eu não falei que você não sabia de nada? Que você não sabia o dia de amanhã?

Não respondi.

— Estou aqui e, se você me quiser, sou seu.

Eu ia falar alguma coisa que, na verdade, eu nem sabia exatamente o que era, mas ele não deixou.

— Érika, eu me separei. Podemos recomeçar de onde paramos?

Disse isso já me beijando e, aí, me perdoem, porque ninguém é de ferro, né?

Naquela noite, nós nos amamos pela casa inteira, ora quase que nos machucando, nos matando, ora nos tocando com a leveza das pontas dos dedos.

Sobre as juras dele de "eu te amo" e "você é minha para sempre", gozei muito, muito, muito!

Antes de adormecer, pensei na promessa dita enquanto o corpo dele matava saudade do meu: "você é minha para sempre".

Para sempre?

"Para sempre" é tempo demais, vocês não acham? Especialmente para um homem recém-separado, com dois filhos pequenos e, que eu logo descobriria, covarde...

Vivemos uns três meses em uma perfeita lua de mel, até que um dia, uma sexta-feira, começo da noite, quando estávamos prestes a viajar para o Rio de Janeiro – estávamos indo para o casamento de um amigo –, o celular dele tocou. Era Sueli, a babá das crianças.

Resumo: a ex-mulher havia se drogado e estava completamente transtornada. A funcionária não sabia o que fazer, já havia dado o seu horário e ela precisava ir, mas os gêmeos não poderiam ficar com a mãe naquele estado.

"Para sempre" deu o primeiro sinal de perigo! E, ficou ecoando na minha cabeça: para sempre, para sempre, para sempre...

Por sorte, nós ainda estávamos a caminho do aeroporto. Demos meia-volta.

Só depois fiquei sabendo que, desde que as conversas de separação tiveram início, a ex-mulher havia começado uma relação de dependência com antidepressivos e outras coisinhas. Naquela sexta-feira, ela havia ingerido vários comprimidos com bebida alcoólica.

O estrago estava feito e foi só o começo. Ela iniciou uma peregrinação por clínicas especializadas em tratamento de dependentes químicos. E ele cuidando dos filhos. A única coisa que se manteve inalterada foi nosso desejo e bem-estar sempre que estávamos juntos. Ele pedia para que eu o abraçasse forte, ficávamos muito tempo assim: eu acariciando as costas, a nuca, e o cabelo dele, esperando que ele relaxasse.

Fora daquele pequeno mundo que criamos, tudo era pesadelo. Ele mentia para mim, dizia que as coisas estavam melhorando, que já, já a ex superaria, era só uma questão de tempo para ajustar os remédios. Os médicos haviam chegado à conclusão de que ela sofria de alguns transtornos, como depressão e, ao que tudo indicava, havia se tornado dependente química. Contudo, às vezes, sem querer, ele soltava alguma coisa, que preferia não ter dito, como por exemplo, que a ex afirmava que, se eles voltassem, ela se sentiria mais forte para superar a doença. Que ela precisava de uma segunda chance. Que ela ia reconquistá-lo...

Não fiz pressão, pelo contrário. Na maior parte do tempo, eu não fazia perguntas, não me intrometia, não dava conselhos.

Eu conseguia entender o sofrimento da ex-mulher, afinal, não deveria ser fácil para ela. Nunca é fácil se separar do homem que a gente ama e, no caso dela, considerando que ela o amasse, ainda havia os gêmeos pequenos e a depressão... Sem falar que o Marcelinho era um homem lindo, bom de cama, bem posicionado financeiramente e pai dos filhos dela!

Era demais para qualquer mulher. Imaginem uma com problemas de saúde.

Por mais que, quando estivéssemos juntos, nosso mundo fosse perfeito, as demandas por parte da família absorviam cada vez mais a atenção e o tempo dele. O resultado foi que passamos a nos ver menos.

Duas vezes por semana...

Uma vez...

A cada quinzena...

Por aqueles dias, eu havia sido escalada para participar de um evento na matriz da empresa nos Estados Unidos; ficaria lá por uma semana. Achei ótimo, muito apropriado para o momento. De verdade, eu estava me sentindo sufocada. Era como se eu não merecesse ser feliz ao lado dele enquanto a mãe dos seus filhos estava sofrendo.

De toda forma, o intervalo entre nossos encontros já estava dizendo alguma coisa.

Enquanto estive fora, não nos falamos. Nenhuma ligação, nenhuma mensagem. Nada!

Quando voltei, fiquei na dúvida: deveria ligar ou esperar?

Esperei.

Acreditem, ele nunca mais me procurou!

E, acreditem se puder, ele voltou para a ex!

Vocês podem até me perguntar por que eu também não havia ligado. Não tenho uma resposta, pelo menos uma minimamente razoável.

Talvez uma tentativa de autoproteção.

Talvez um pouquinho de orgulho.

Talvez porque a gente sabe quando o nosso tempo se esgotou.

Que o trem já passou.

Que o destino e as circunstâncias da vida se impuseram sobre o nosso querer.

Era isso: o destino havia exercido seu poder soberano.

Avisei aos nossos amigos em comum: "por favor, não me falem mais sobre ele. Eu não quero saber nada. Nada!".

Dei fim em todas as fotos, as mensagens, registros de qualquer lembrança dele. Não foi fácil! Mas era preciso, porque prefiro sofrer tudo de uma única vez. Se é pra esquecer, o melhor é começar rápido e olhando para frente. Mensagens de amor e fotos não ajudam.

Nunca mais nos vimos, até que...

Em um domingo, aproximadamente um ano depois de ter sido riscada da vida dele, quando duas amigas e eu entramos em um restaurante, eu o vi com a família.

Almoço de domingo.

Lá estava o destino fazendo de tudo para me castigar novamente.

Dizem que nada acontece por acaso, mas eu tenho lá as minhas dúvidas. Se não havia sido o maldito acaso, só poderia ter sido uma ação orquestrada por forças do mal, com o único propósito de tirar o meu sossego.

Como o restaurante estava lotado, ficamos na parte da frente, esperando a liberação de uma mesa para nós três.

Ele estava entretido com os filhos e não me viu.

Naquele dia, tive certeza de que eu não tenho nem nunca terei nenhum problema cardíaco, do contrário, teria caído dura e passado desta para melhor ali mesmo.

Valha-me, Deus!

Que sensação absurda! Meu cérebro não estava em condições de pensar em nada que fizesse o mínimo sentido. Preferi não comentar com as minhas amigas. Não queria me transformar no centro das atenções durante o almoço.

Por sorte, elas não o viram, as duas estavam ocupadas demais olhando para um grupo de belos espécimes masculinos, que também esperavam por uma mesa.

Não demorou, Marcelinho se levantou e se movimentou na direção de um dos gêmeos. Foi naquele exato momento que os olhos dele se cruzaram com os meus.

Aquilo me irritou profundamente, eu não gostaria que ele me visse olhando pra ele! Mas o que eu poderia fazer? Como não olhar?

Mas, em seguida, a mulher falou alguma coisa, fazendo com que ele desviasse o olhar.

Minutos depois, crianças, brinquedos, bolsas, tudo ajeitado, eles caminharam em direção à saída.

Durante a movimentação toda, não voltou a olhar para mim nem com o canto dos olhos.

Entrei em modo agonia.

Vocês já viveram isso?

Uma aflição impossível de descrever tomou conta de mim. Tudo o que desejei foi que ele sumisse logo dali.

No modo agonia, fiquei imaginando qual seria a reação dele quando estivesse passando ao meu lado. Ele não teria como evitar, afinal, eu estava no caminho entre ele e a porta.

Ele passaria direto?

Pararia para me cumprimentar?

Fingiria que não me viu, apesar de, minutos antes, termos nos olhado?

Ele cumprimentaria com um "oi, tudo bem?" ou qualquer outra coisa bem casual?

O que ele faria?

A distância de poucos metros pareceu levar uma eternidade.

Então, tive a resposta às minhas dúvidas: a poucos passos de estar emparelhado lado a lado comigo, virou o rosto e assim ficou até sair do restaurante.

Ele virou o rosto!

Jura mesmo que você fez isso?, pensei, em choque.

Eu morri!

Morri de vergonha! O mais puro constrangimento.

Foi uma mistura de sentimentos e, posso afirmar, nenhum deles bom.

Fiquei trêmula, mas fiz o possível para não dar bandeira.

Ainda estava completamente aturdida quando o garçom avisou:

— A mesa de vocês está pronta.

Como desgraça pouca é bobagem, almoçamos na mesma mesa em que ele estivera minutos antes.

E depois as pessoas vêm me falar que nada acontece por acaso? Que não existem coincidências?

Claro que existem acasos, claro que existem coincidências e, algumas delas, bem malvadas, viu?

Não havia o que fazer, só me restava juntar os meus próprios pedaços. E era uma missão para ser feita na solidão, porque ninguém poderia fazer aquele trabalho por mim.

Meu coração estava no fígado, o cérebro martelando no lugar do peito... Eu estava completamente desarticulada.

E havia um motivo maior para isso.

Quando o Marcelinho virou o rosto, ele simplesmente deu as costas para a nossa história, para tudo o que havíamos vivido juntos.

Gente, era como se ele tivesse vomitado, cuspido no amor que nos uniu um dia.

Bastava que ele tivesse olhado para mim e, por uma fração de segundo, sorrido com o olhar. Eu saberia que ainda havia algo de mim vivo nele, ainda que fosse apenas respeito, carinho e boas lembranças. Mas ele preferiu a covardia.

Não havia mais conserto.

Então, oito meses depois do encontro no restaurante – naquela manhã da terça-feira, quando acordei como um zumbi, depois de ter dormido menos de três horas –, ver aquela mensagem me deixou fora do eixo.

Faço questão de que vocês leiam novamente:

"Eu não consigo parar de pensar em você. Por favor, vamos conversar". Nessa parte, ele colocou um *emoji* com carinha triste. *"Posso passar na sua casa à noite? Diz que sim, vai...".* *Emoji* de mãos juntas como se estivesse em oração.

Não é de morrer?

Não importa o tesão que o homem seja na cama, quantas vezes trepe em uma noite, quão duro seja o pau do ordinário, quantas vezes me faça gozar...

Nada disso me importa se ele não tiver a mesma consistência de caráter.

Eu simplesmente desprezo, com todas as minhas forças, gente covarde!

Um homem covarde não é nada!

Então, como todo ato de covardia merece um ato de coragem, minha resposta teria que ser muito especial.

Vejam só o que eu aprontei!

Naquela manhã, fui para a empresa e, depois que conferi o relatório e fiz a felicidade do meu chefe, foi minha vez de me fazer feliz.

Liguei para o Gustavo, um cara com quem eu ficava de vez em quando. Com ele não tinha tempo ruim, era ligar ou mandar mensagem e, na mesma hora, a sessão de diversão – se é que me entendem – estava marcada.

O primeiro passo tinha sido dado: Gustavo estava disponível para um encontro.

O segundo passo foi sair correndo da empresa e fazer uma depilação, porque a situação estava crítica e não recomendaria ser vista por nenhum homem antes de encarar a cera quente.

Ah, importante: o encontro deveria ser na minha casa! Então, o terceiro passo foi preparar o ambiente com velas, um arranjo de flores e música romântica.

Quando Gustavo chegou, sem reservas e nem demora, começamos a nos beijar.

Puxei-o para o meu quarto. Lá, na frente de um espelho, revezamos carícias.

Eu estava ajoelhada e pronta para lamber o pau dele quando interrompi o que ia fazer. Eu tinha um pedido especial.

— Eu vou pegar o meu celular, quero que você me filme quando eu estiver chupando você.

Ele ficou nitidamente espantado e me olhou com uma mistura de curiosidade e excitação, mas topou na hora e sem fazer perguntas.

Antes de entregar o aparelho para ele, interrompi a música que estava tocando e coloquei outra: "Have I told you lately?", na voz de Rod Stewart.

Marcelinho simplesmente amava essa música. Ao som dela, nós havíamos nos amado, dançado e nos abraçado muitas vezes.

Os trechos que ele mais amava diziam mais ou menos isso:

"Eu te disse ultimamente que te amo?
Te disse que não tem ninguém acima de você? Você preenche meu coração com satisfação, leva embora toda minha tristeza...
Tem um amor que é divino, e é seu e é meu..."

Então, a escolha da música me pareceu perfeita para ocasião.

Assim, o quarto passo havia sido dado.

O quinto passo era o vídeo propriamente dito.

Fiquei de quatro e caprichei!

Gustavo ficou *muito* excitado, o pênis dele estava deliciosamente rijo, as veias saltaram. Quanto mais eu chupava, mais ele gemia e mais duro o pau ficava. Acho que o fato de estar sendo filmado provocou nele um desvario. O homem simplesmente enlouqueceu.

Os gemidos dele se misturaram à voz do Rod Stewart.

— Para, para, eu tô quase gozando!

O vídeo foi encerrado depois que ele pronunciou essas palavras.

Perfeito, não acham?

Apesar do esgotamento físico e emocional, o cansaço não comprometeu o meu desempenho: dei bastante e bem gostoso para ele.

Depois, abraçados na cama, assistimos ao vídeo.

Extraordinário! Um verdadeiro filme pornô. Era possível ver o pinto dele entrando e saindo da minha boca, entre outras manobras. O meu rosto não aparecia claramente, mas o Marcelinho saberia que era eu.

Normalmente, Gustavo e eu dormíamos juntos, mas, naquela noite, ele foi embora de madrugada. O cansaço me venceu e dormi como uma pedra.

Na manhã seguinte, mais cedo do que eu gostaria, meus olhos se abriram como se eu estivesse assustada. Acho que o meu inconsciente continuou trabalhando mesmo enquanto eu dormia.

Eu estava prestes a dar o último passo do meu plano. Curti bem aquele momento. Tomei um banho maravilhoso. Depois, me sentei e apreciei com calma o meu café da manhã.

Então, havia chegado a hora de responder à mensagem do covarde.

Peguei o celular. Abri a mensagem que ele havia enviado no dia anterior. Escolhi o meu vídeo pornô e enviei com a seguinte mensagem:

"Oi Marcelinho, como você pode ver, eu estava muito ocupada ontem à noite! Mas você pode matar a saudade assistindo ao vídeo... Divirta-se!"

Meu corpo esquentou de tanta euforia.

O covarde sempre repetia que não havia nada mais lindo no mundo do que a visão de me ver de quatro chupando o pau dele.

Imaginem o impacto daquele vídeo com a trilha sonora escolhida a dedo!

A mensagem nas entrelinhas era clara:

Eu comando esse show, baby!

Marcelinho tinha ido até onde eu permiti que ele fosse. E, com aquele vídeo, eu havia dito: agora chega!

Fui para a empresa me sentindo ótima e curiosa: qual seria a reação dele quando assistisse ao vídeo?

Cada um com seus problemas, não é mesmo?

Quanto a mim, eu havia acabado de enterrar o dito cujo.

Tivera uma noite maravilhosa com o Gustavo, que sempre mandava bem e não tinha preguiça! Capricho total nas preliminares, um tempão para chegar às vias de fato e, no dia seguinte, mensagem dizendo que amou!

O que mais eu poderia querer?

Diferentemente do conforto, que não ensina nada para ninguém, o sofrimento arrasta a gente para o autoconhecimento.

O fato é que a covardia do Marcelinho me ajudou a perceber que tipo de homem eu admiro e com quem eu aceitaria dividir sonhos e o mesmo teto. E, definitivamente, não era um cara covarde.

Quero um homem que eu admire e ponto!

Admire na cama e fora dela. Afinal, o que vale uma noite de sexo nota dez se, no dia seguinte, você acorda se sentindo nota zero?

Pensando assim, decidi dar uma chance para o Gustavo e levar nosso relacionamento a sério.

Acreditem, foi o maior gol da minha vida!

Só não perguntem se eu ainda sinto aquele cheiro na minha pele, porque isso é outra conversa!

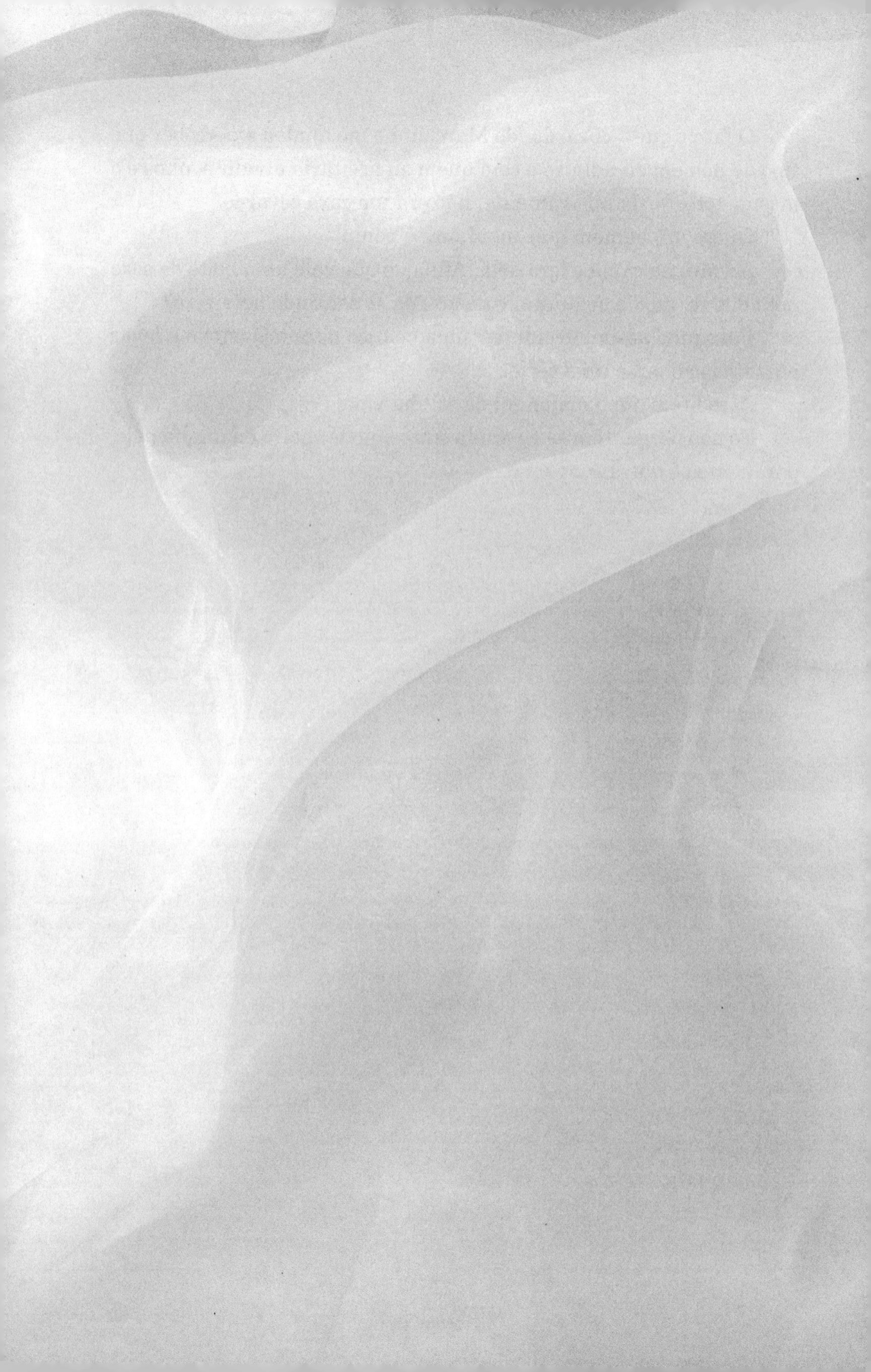

O AMOR MANDA E TEM PRESSA

QUANDO TUDO COMEÇOU, LORENA TINHA POUCO MAIS DE duas semanas de vida.

Era preciso só uma palavra para resumir o que eu sentia por aqueles dias: Felicidade! Isso mesmo, Felicidade com "F" maiúsculo!

Eu estava fascinada com a maternidade. Nunca havia imaginado sentir uma emoção como aquela. Se havia sido maravilhoso carregá-la dentro de mim durante nove meses, segurá-la no meu colo superou, extraordinariamente, qualquer deslumbramento que eu já tivesse sentido.

Dia e noite eram dedicados à minha menininha. E, falando em noites, esclareço que muitas delas foram passadas em claro acompanhadas daquele som estridente!

Como um bebê tão pequeno podia ter um choro tão potente e persistente? Para uma mãe de primeira viagem, aquela gritaria histérica era aterrorizante: dor de ouvido, cólica, fome, sono, algum mal-estar súbito?

Nada, não era nada, somente choro!

Mas havia Felicidade até nisso: descobrir que Lorena, muitas vezes, chorava, e chorava muito, simplesmente por nada.

Era tudo um mar de rosas até que, no começo da terceira semana, um acontecimento interrompeu o estado de graça em que eu me encontrava.

Devastador!

Assustador!

Mas antes de me abrir e falar sobre algumas intimidades, acho melhor eu me apresentar.

Meu nome é Carolina Veras Viegas.

A pluralidade do nome bem que combina comigo: sinto como se várias Carolinas coabitassem dentro de mim.

Em comum, todas as minhas diferentes versões têm como marca a paixão pela vida.

E, vocês já sabem, por aqueles dias minha vida atendia pelo nome de Lorena.

Ela chegou uma semana antes do meu aniversário de trinta anos. Minha primeira filha veio para iluminar e fortalecer ainda mais o vínculo de amor que o pai dela e eu tínhamos desde os primeiros dias do nosso relacionamento.

Vicente e eu construímos um casamento muito próximo da perfeição. Falo "próximo" porque não quero estragar o que conquistamos. Afirmar que tínhamos um relacionamento perfeito levantaria suspeitas, em nós mesmos, de que haveria alguma coisa errada conosco. Não poderíamos correr um risco desses!

Bom, essa é a parte maravilhosa da história. E é justamente por isso que me desesperei quando vi os primeiros sinais de que tudo poderia desmoronar.

Talvez tenha sido o jeito com que ele pronunciou aquelas palavras.

Talvez tenha sido o olhar malicioso.

Talvez tenha sido simplesmente meus hormônios pregando uma peça em mim.

Naquela noite trágica, eu havia acabado de sair do banho. Vicente estava cantando para Lorena, que se mexia no berço. Aproximei-me e inclinei o corpo para também poder admirar nossa menininha. Com o meu movimento, uma mecha do meu cabelo molhado lambeu o rosto dele. Aquilo foi o suficiente.

Vicente me fitou com olhos de bicho pronto para o ataque, me segurou firme pela nuca e, quando nossas bocas estavam quase se tocando, ele pronunciou as tais palavras.

— Gostosa, agora falta pouco. Se prepare, daqui a doze dias eu pego você!

Nossos olhos se encontraram. Os dele, cheios de desejo. Nos meus, pavor disfarçado. Meu marido estava ardendo de tesão.

Sexo?

Cruzes!

Como eu poderia pensar em sexo com aquela criança absorvendo 100% do meu tempo? E os doze quilos que eu havia engordado?

Diante daquelas palavras carregadas de tanto desejo, só me restou acionar a versão Carolina atriz. Então, disfarcei, sorri e respondi, já me afastando dele:

— Humm, se prepare você!

Meia dúzia de palavras e um olhar pervertido viraram meu mundo de cabeça para baixo. Passei a ter sobressaltos sempre que aquelas palavras invadiam meus pensamentos, assombrando meu coração.

Para melhor entender o desespero que tomou conta de mim, é preciso fazer uma breve cronologia da minha vida sexual. Obviamente que falo do período anterior ao nascimento de Lorena e aos doze quilos que vieram com ela.

Não posso enganar ninguém, eu nunca fui magra. Desde que me conheço por gente, me vi e fui vista como gordinha. Para mim, estar alguns quilos acima do que se convencionou como padrão nunca foi alvo de preocupação.

Mas uma coisa sempre me encafifou: qual seria a diferença entre gorda e gordinha? Qual seria a linha que separava essas duas categorias? Bom, seja lá qual fosse, eu, de alguma maneira, sempre soube que me encaixava no grupo das gordinhas.

Eu era a famosa gordinha com curvas. Pele morena jambo de muito boa qualidade, olhos e cabelos brilhantes, ambos castanhos. De um castanho extraordinariamente comum. Mais precisamente o castanho-escuro que se vê em qualquer mortal para o qual se olhe, quando se está em terras brasileiras.

Acho que ficou claro: eu era uma mulher sem nenhum atributo especial e, apesar disso, ou justamente por isso, sentia-me maravilhosa.

Comum na aparência, única na essência!

Posso dizer que sempre estive em paz comigo mesma. Mas isso vocês já sabem, era passado!

Na adolescência, nem preciso dizer que eu não era a menina mais cobiçada pelos meninos da minha idade. Curiosamente, também não me interessava por eles. Mas eu era muito popular. Ah, isso eu sempre fui mesmo. Juntos, os meninos e eu, ríamos muito, contávamos muitas anedotas, nos divertíamos com tudo e com todos, enfim, fazíamos todas aquelas travessuras de adolescente. Mas paquera, praticamente nada. Não rolava.

Do meu lado, eu sinceramente não me sentia muito atraída pelos garotos que via na escola. Eu os considerava demasiadamente infantis. Sem falar que, pelo menos para o meu gosto, eles eram apenas uns exibicionistas de meia-tigela, com pouco ou nada para exibir.

Eu gostava mesmo era dos meninos mais velhos. Eles, sim, tinham toda a minha atenção. Meu irmão, seis anos mais velho do que eu, sempre teve muitos amigos e, obviamente, sem que ele percebesse, eu jogava charme para todos eles.

Quando eu tinha dezesseis anos, praticamente todas as minhas amigas já haviam tido relações sexuais. Eu, não! Na verdade, o apelo dos hormônios não me dominava, mas, confesso, eu tinha muita curiosidade.

Enquanto boa parte das meninas vivia suspirando pelos rapazes espinhudos, eu ia formando minha personalidade e desenvolvendo uma segurança pouco comum em garotas da minha idade.

Acho que a minha autoestima, com relação ao meu corpo e determinação sobre qual tipo de homem valeria meu tempo, eu devia à minha mãe.

Nós duas tínhamos o mesmo biótipo, ou seja, ela também pertencia ao grupo das gordinhas. Como havia se casado muito jovem e logo engravidara, quando me tornei adulta, nossa diferença de idade, de apenas 18 anos, deixava dúvidas se éramos mãe e filha ou irmãs.

Ela era costureira e trabalhava em casa. Passei boa parte da minha adolescência ao lado dela no quarto de costura. Eu ajudava pregando botões, fazendo barras, colocando linha nas agulhas, organizando tecidos. Eu adorava!

Adorava ainda mais quando ela recebia as amigas. Nessas ocasiões, elas conversavam sobre todo o tipo de intimidades. As amigas desabafavam e confiavam nos aconselhamentos da minha mãe.

Eu diria que os assuntos nem sempre eram muito apropriados para uma menina, mas elas simplesmente pareciam ignorar a minha presença.

Eu colaborava me fazendo invisível, ficava o mais quieta possível. Tudo o que eu mais queria era ouvir sobre o que elas falavam.

Um dia, uma mulher de uns trinta e poucos anos, chorosa, reclamava que o namorado de muitos anos, com quem se dava muitíssimo bem, inclusive na cama, estava relutante em assumir um compromisso mais sério. Segundo ela, o dito cujo, apesar dos 39 anos, afirmava que ainda não estava preparado para o casamento.

Eu conhecia perfeitamente como minha mãe pensava e agia nessas ocasiões. Depois de ouvir atentamente o problema, ela interrompia o trabalho, com cuidado colocava a peça de roupa na qual trabalhava sobre a máquina e, na sequência, segurava as mãos da amiga em sofrimento. Então, com a sua voz afetuosa e compreensiva, disparava suas conclusões. As palavras eram de uma sinceridade que provocava até dor física. Eram sentenças.

— Minha amiga, você quer se casar e ter filhos, não quer?

A chorosa confirmou com a cabeça.

— Pois então trate de arranjar outro. Esse não quer absolutamente nada com você.

E continuava:

— O amor manda e tem pressa. Que conversa é essa de não estar preparado? Vocês estão namorando há mais de seis anos. Esqueça, esse não quer nada sério.

Lembro-me como se fosse hoje, a sofredora arregalou os olhos e chorou. Muito provavelmente, considerou a hipótese de minha mãe ter razão.

Por aquele quarto, passaram incontáveis problemas e sofrimentos e, para a maioria deles, a sentença era invariavelmente a mesma: esse homem não quer nada com você! Procure outro.

"O amor manda e tem pressa", repetia ela.

As principais queixas poderiam ser resumidas em um grupo de chavões.

Homens que não davam no couro e não se preocupavam se elas haviam saciado seus desejos. Muitas delas nunca chegaram ao orgasmo.

Homens que, sem interesse em continuar com o relacionamento, recorriam a argumentos idiotas: "você é muito para mim"; "você merece coisa melhor". Palavras usadas apenas para camuflar as reais intenções dos sujeitos: tirar o time deles de campo.

Homens que não prestavam a mínima atenção nelas. Não importava se haviam mudado a cor do cabelo: rosa, preto, amarelo, vermelho. Não fazia a menor diferença! Para eles, elas haviam se tornado invisíveis.

Homens que as colocavam para baixo, algumas até levavam uns safanões de vez em quando, outras eram exploradas financeiramente...

Ouvi histórias românticas, absurdas, engraçadas, com finais felizes e finais tristes; histórias irritantes, lindas, constrangedoras, inspiradoras.

De acordo com o manual reducionista que minha mãe usava para analisar o comportamento dos homens, não havia margem para muita dúvida: um homem que ama a sua mulher age em conformidade com o amor que diz sentir e, por consequência, ela sabe que é amada e desejada. Mesmo que o fulano tenha lá as suas fraquezas e seus defeitos, suas atitudes não deixariam dúvidas acerca dos sentimentos e intenções dele.

O posicionamento implacável de minha mãe me ajudou mais do que me atrapalhou e os dramas dos quais fui testemunha contribuíram para moldar minha personalidade. Eu me tornei capaz de ignorar aqueles que desprezavam o que sou, o que sinto.

Simples assim?

Sim, simples assim!

Ou, pelo menos, até aquela noite... Mas ainda não é o momento para falar disso.

Voltando à minha adolescência, eu estava com quase dezessete anos e nada! Por curiosidade, como já disse, eu havia beijado alguns sujeitos espinhudos. E, de verdade, nada que valesse a pena seguir além de beijos.

Com o Felipe era diferente. Meu coração acelerava sempre que eu o via. Eu sentia que ele também ficava incomodado na minha presença.

Meu irmão e ele eram amigos desde o jardim de infância.

A amizade dos dois ficou ainda mais intensa depois que entraram na faculdade. Sonhadores, eles tinham vários projetos para criação de máquinas que mudariam o modo de viver das pessoas. Por isso, Felipe estava sempre na nossa casa.

Na época, eles estavam trabalhando no desenvolvimento de uma engenhoca que se propunha a tratar o lixo doméstico. Era uma lata de lixo que processava o resíduo orgânico, reduzindo em dezenas de vezes o volume total de tudo o que havia sido desprezado, resultando em insumo que poderia ser utilizado como adubo.

Mas, deixando isso de lado, em um belo dia, tive a oportunidade de saber até onde ia o interesse do Felipe por mim.

Era um sábado à tarde, meu pais tinham ido visitar a minha avó. Eu estava sozinha em casa, me matando de estudar para o vestibular.

O telefone tocou.

— Oi Carol, é o Felipe. Tudo bem?

Soltei um "oi" açucarado.

— Posso falar com o Pedro?

— Ele não está.

— Ah, não! Nós tínhamos combinado de trabalhar no projeto hoje à tarde.

Meu coração disparou. *Calma, Carolina, calma! Pense rápido!*. Meu irmão, que era um distraído, tinha acabado de sair e, sem dúvida, havia se esquecido do combinado que tinha feito com o amigo.

É óbvio que só me restou uma alternativa: mentir, mentir e mentir!

— Ah, ele saiu faz bastante tempo, já deve estar voltando. Venha pra cá, é bem capaz de vocês chegarem aqui em casa juntos.

Ele concordou.

Comecei a sentir uma mistura de excitação e medo. Corri em direção ao banheiro e lavei o rosto mais de uma vez. Passei um batom cor-de-rosa claro, cor de boca. Troquei a camiseta por uma mais decotada. Mexi o cabelo para lá e para cá. Conferi o resultado no espelho. Achei que estava faltando alguma coisa. *Sim, claro, está faltando!*. Coloquei uma correntinha com um pendente de coração. *Agora sim, perfeito!*.

Uma mulher, desde cedo, sabe como se enfeitar sem dar sinais de que se produziu. Sinceramente, ninguém merece ficar dando bandeira!

Ele não demoraria. O apartamento dele ficava a menos de dez minutos da nossa casa.

Quando ouvi a campainha, fiquei meio sem ação. Corri em direção ao lavabo, mas, no meio do caminho, dei meia-volta e caminhei em direção à porta de entrada.

Felipe estava com 22 anos. Era um moço alto e magro, tinha os cabelos pretos, bem pretos, herança do avô sírio. Olhos lindos que pareciam estar contornados com delineador. Suas sobrancelhas eram espessas e negras como os cabelos. O nariz atrapalhava na simetria do rosto, era grande e parecia meio torto. Mas, talvez fosse exatamente o nariz o charme daquele moço gostoso, cheio de energia e testosterona.

— Oi, Felipe. Entre.

— Oi. — O beijo na bochecha me fez estremecer. — O Pedro já chegou?

Sem um pingo de remorso e sem nem ao menos ficar com o rosto vermelho, sustentei o olhar.

— Ainda não, deve estar chegando. Você quer tomar alguma coisa? Um refrigerante, água... Eu ofereceria um café, mas mamãe não está e meu café é um veneno.

É obvio que fiz questão de mencionar que estávamos sozinhos.

Ele sorriu.

— Ah, você está sozinha?

Eu apenas sorri.

— Bom, eu aceito uma água.

Peguei na mão dele e o puxei até a cozinha, como se ele não conhecesse o caminho.

Senti que a mão dele ficou suada.

Mas, de repente, eu, a sabichona, fiquei sem assunto. Não sabia o que dizer.

Enquanto a água do filtro caía no copo, pude sentir o corpo dele bem atrás do meu. Arregalei os olhos e fitei o infinito através da janela da cozinha. Fiquei dura, nem sei se estava respirando.

Acreditem, até aquele momento, eu não havia sentido nada igual. Que maravilha era sentir tudo aquilo: o corpo inteiro alerta, o coração batendo veloz, o lábio trêmulo. Aquilo tudo era desejo. Meu Deus, *eu estava sentindo tesão*!

Quando me dei conta, o copo havia enchido e a água estava escorrendo pela borda. O que poderia ter sido mais ridículo e previsível do que aquilo?

Dei uma gargalhada nervosa. Ele se colocou ao meu lado e também sorriu.

Tomou a água e, depois, me agradeceu com um beijo. De novo na bochecha. Mas não foi mais um beijo de amigo. Ah, mas não foi mesmo! Foi um beijo longo com uma pressão deliciosa.

Quando ele se afastou um pouquinho, vi desejo em seus olhos e senti sua respiração alterada. Amei aquilo!

Ele me segurou pelos braços e me beijou forte.

Nem sei explicar, mas tenho certeza de que vocês sabem entender: cada célula do meu corpo atingiu uma temperatura de não menos do que dois mil graus Celsius.

Era como se meu corpo se limitasse a uma única parte: minha vagina. Ela ardia, latejava e estava completamente molhada.

Como era possível sentir tudo aquilo? Como um simples beijo poderia ter aquele poder sobre uma pessoa?

Naquele momento, percebi que o sexo exerce uma autoridade perigosa. Mexe com a gente! Altera a gente!

Fascinante!

Maravilhoso!

Ele começou a deslizar as mãos pelo meu corpo, levantou a minha saia. Uma mão firme me apalpou. Ele sussurrou alguma coisa no meu ouvido. Eu não entendi. Ele repetiu:

— Você é virgem?

Estremeci, fiquei com medo que ele desistisse de seguir adiante. Balancei a cabeça positivamente. Ainda sussurrando, ele continuou:

— Eu quero muito, e você? Quer parar?

Olhei bem firme nos olhos dele para que ele tivesse certeza de que não havia nenhuma dúvida sobre a minha resposta.

— Quero, eu quero continuar.

A partir dali, pensei que fosse enlouquecer. Os beijos, diferentes de todos os que eu já havia experimentado com os meninos espinhudos, me levavam a querer fazer coisas, falar coisas que jamais imaginei querer.

Quando ele acariciou e beijou os meus seios, descobri que o meu mundo nunca mais seria o mesmo. Enlouqueci!

Sabíamos dos riscos que estávamos correndo, afinal, meu irmão poderia chegar a qualquer momento. Aquilo era uma loucura e eu estava disposta a correr o risco.

Mas Felipe foi mais ajuizado do que eu. Passados mais alguns segundos ou minutos – é difícil medir o tempo fora do planeta Terra e eu sentia que estava em outra galáxia –, ele me trouxe de volta à realidade. Com a voz ofegante e tentando recuperar o fôlego, ele falou sem muita convicção:

— Olha a loucura que estamos fazendo!

Sorrimos.

Felipe completou dizendo que eu merecia uma "primeira vez" mais delicada, menos atabalhoada. Se a razão para pararmos era realmente carinho e cuidado com a minha "primeira vez", ou simplesmente medo e juízo, eu nunca saberei. Talvez tenha sido uma mistura de tudo.

Talvez...

Combinamos de nos encontrar no domingo à tarde.

A família dele era do interior, ele morava sozinho em um apartamento pequeno; minúsculo, para ser mais precisa. Lá, teríamos toda a privacidade e tempo do mundo.

Não é preciso dizer que não consegui dormir naquela noite. O rosto dele não saía da minha cabeça. Eu me contorcia na cama pensando nos beijos, ele sugando meus seios.

Isso só pode ser invenção do demônio!

Disse para minha mãe que iria ao shopping. Embora nós fôssemos muito amigas, não julguei que precisasse falar sobre aquele assunto. Pelo menos não naquele momento.

Não foi propriamente uma mentira, afinal, Felipe e eu combinamos que ele me pegaria no shopping próximo à minha casa. Minhas pernas estavam trêmulas quando entrei na farmácia à procura de preservativos e só parariam de tremer quando o corpo dele finalmente se colasse ao meu.

O atendente me entregou o preservativo. Tive a impressão de que ele ficou me analisando. Provavelmente eu estava exalando desejo pelos poros. Uma gata no cio era o que melhor me definia naquele dia. Eu estava orgulhosa de mim mesma, me sentia poderosa!

Enfiei o saquinho com o produto na bolsa, ao lado de uma calcinha que achei importante levar. Sei lá o que poderia acontecer com a que eu estava vestindo! Fui para a entrada principal, onde havíamos combinado de nos encontrar.

Olhei em todas as direções e não o vi. Fiquei tensa, preocupada que ele tivesse desistido.

De repente, escutei uma buzina. Ele já estava lá: fiquei tão nervosa que não o vi antes. Atravessei a rua.

Respirei fundo e tentei me acalmar. Naquele momento, aprendi mais uma coisa sobre o bicho mulher: já saímos de fábrica com o dispositivo "dissimulação" pronto para ser usado, antes mesmo da primeira aula. Eu, minhas pernas trêmulas e a tensão disfarçada atravessaram a rua. Tenho certeza de que consegui disfarçar minha ansiedade.

Se eu era a gata no cio, o que seria ele?

Quando entrei no carro, encontrei um Felipe claramente nervoso, uma mistura de homem e menino. Sim, um menino, com olhar de presa abatida. Vencido!

Achei delicioso vê-lo ali, à minha disposição.

Naquela tarde, dentro daquele carro, bastaram não mais do que alguns poucos segundos para eu entender o poder que uma mulher carrega consigo.

Poder!

Fomos para o apartamento dele. O tour de segundos pelo lugar revelou um ninho aconchegante e arrumado, nada de toalhas molhadas na cama e louças sujas na pia. Ele era muito organizado, ou pelo menos fez parecer que era. Havia tomado o cuidado de colocar lençóis branquinhos e limpos na cama.

Em um pequeno criado-mudo, havia alguns preservativos. Gostei de tudo o que vi. Até ali estava tudo indo superbem.

Andamos pelo apartamento de mãos dadas. Mãos em chamas.

As carícias começaram e me pareceram melhor do que as do dia anterior.

Ele foi cuidadoso até onde conseguiu, porque ele, também enlouquecido de desejo, não controlou o ritmo do pau rijo e desesperado. No começo, ele bem que tentou ir entrando devagar, mas, depois, me invadiu com força, com muita força, completamente sem reservas ou cuidados! Ele me penetrou com tanta vontade que seria impossível, mesmo que eu quisesse, fazê-lo parar. Aliás, tudo o que eu não queria é que ele parasse. Agradeci que ele tenha se descontrolado e me devorado com muita determinação. Um verdadeiro animal montado sobre mim.

Senti como se estivesse delirando, a temperatura dos nossos corpos, de fato, sugeria febre!

Saciados, ficamos em silêncio por alguns minutos. Deitados com nossos corpos nus e suados, mãos dadas, olhos fechados.

Parecia haver uma corrente elétrica passando de um para outro através das nossas mãos.

Eu ainda era muito jovem para perceber que o poder que eu julgava possuir não era exclusivo. A magia se dava em igual proporção para os dois. Havia um equilíbrio de forças. Homem e mulher se completando. A natureza é perfeita!

Mas, mesmo reconhecendo esse justo equilíbrio, divirto-me com a ideia de que nós, mulheres, ainda temos certa vantagem no quesito sedução.

Voltando ao que interessa, posso dizer que tive um ritual de iniciação nota dez. Acho que devo muito ao Felipe. Ele me fez mulher e, mais do que isso, despertou o meu desejo incondicional para apreciar loucamente um homem. Por outro lado, ele elevou o meu nível de exigência. Seria difícil imaginar outro amante que se comparasse a ele.

Namoramos por quatro anos. Durante todo aquele período, fizemos muito sexo, sem pudor e sem limites. Tornei-me uma mulher que trata do assunto sem tabu.

Acho que a paixão acabou para os dois e no mesmo momento: sem dramas, dores, lágrimas, saudades... Apenas carinho e boas lembranças.

Voltemos ao meu marido.

Quando eu estava no último ano da faculdade, conheci o Vicente. Ele era professor na universidade, lecionava no curso de Engenharia. Eu o via no campus, mas com mais frequência, na lanchonete. Eu costumava chegar uns vinte minutos antes do início da aula; gostava de ter tempo para saborear uma xícara de café quente. Em média, umas duas vezes por semana lá estava ele também. Eu achava aquilo uma grande coincidência. Embora a sabedoria popular insista em afirmar que não existem coincidências.

No início, ele me passou completamente despercebido. Não sei depois de quantos cafés, comecei a prestar atenção nele.

Começou com um cumprimento somente com a cabeça. Depois, um sorriso acompanhado de um "oi, tudo bem?" bastante tímido. Tempos depois, já estávamos dividindo a mesma mesinha da lanchonete.

Pensem em um homem, em torno de seus 35 anos, cuja aparência não insinue um desempenho sexual além de uma transa morna e protocolar. Alto, esguio, cabelos e olhos castanho-escuros. Umas poucas sardas, com o mesmo castanho, pintavam a pele branquinha do nariz fino. E, por cima das sardas, óculos com armação preta. Com todo aquele estereótipo, estava escrito na testa dele: professor.

Mas, o professor tinha uma coisa que o tornava magnífico: os dentes! Ele tinha um sorriso lindo e perfeito. Aliás, para ser justa, não era apenas uma coisa perfeita, mas, sim, três!

Dentes fabulosos! Inteligência fascinante! E, a terceira perfeição, eu conto daqui a pouco. Até porque só descobri depois.

Arrisco dizer que a inteligência dele provocava em mim um misto de empolgação e atração. Descobri que, sem pensar duas vezes, troco um homem bonito por um homem inteligente.

A inteligência é um forte afrodisíaco!

É, definitivamente, eu tinha muita vontade de dar para aquele professor.

Em pouco tempo, em nome do amor que manda e tem pressa, começamos a namorar.

Nossa primeira noite de amor chegou. Até ali, eu já tinha tido a felicidade de provar os beijos do professor, que haviam sido aprovados com louvor. Eu também havia tido a oportunidade de sentir um volume, que julguei interessante, nas duas ocasiões em que ele me abraçou enquanto esperávamos que o manobrista trouxesse o carro.

Estávamos abraçados e, com uma leve pressão, ele fez com que os nossos corpos se colassem. Então, houve uma demonstração concreta de desejo, manifestada por um pênis vigoroso se apresentando sem cerimônia.

Ai, ai!

Prometia!

Então, quando a noite "D" chegou, eu estava otimista!

Saímos do restaurante e fomos para o flat em que ele morava. Descemos do carro, caminhamos de mãos dadas até o elevador. É impressionante como a ansiedade nos faz falar coisas totalmente sem sentido nessas ocasiões. Sinceramente, eu nem me recordo sobre o que falamos, acho que algo como a quantidade de restaurantes de comida japonesa que pipocara pela cidade.

Entramos no elevador, ele apertou o número 16. Contando com os pisos do subsolo, foram dezenove andares de beijos devoradores. Aí, pude sentir o volume com mais precisão. A noite estava prometendo mesmo!

Enquanto ele abria a porta, eu beijava o pescoço dele, próximo à nuca. Fechamos a porta atrás de nós e ele acendeu a luz de um abajur.

Não trocamos mais nenhuma palavra. Só nossos corpos e sentidos falavam por nós.

Nós nos beijamos com desejo e fúria. Tiramos a roupa um do outro, sem parar de nos beijar, de nos acariciar.

Nus, nos abraçamos em silêncio e nos deixamos ficar ali por alguns segundos. Pude sentir todo o corpo dele colado ao meu. Gostei da pele, do cheiro, da sensação mágica de estar envolvida nos braços de um homem, nos braços dele. Aquele abraço me reservava mais do que desejo, ali dentro eu me senti segura, menina, mulher, amada, desejada, feliz.

Ele deslizou as mãos pelos meus cabelos e pelo meu corpo. Senti seu coração bater, seu pau enrijecer mais e mais, sua boca arder.

Ajoelhei-me e primeiro segurei com as duas mãos o pau poderoso e passei a ponta da minha língua só na ponta. Mantive uma das mãos e movi para cima e para baixo com movimentos repetidos. O pau dele estava praticamente inteiro na minha boca. Suguei com a pressão perfeita, forte, mas sem machucar. Era só prazer. Ele gemeu e puxou meus cabelos, mas sem tirar a minha cabeça do lugar.

— Isso! Chupa meu pau, minha vadia!

Os gemidos dele indicavam que meu desempenho estava aprovado e era bem-vindo.

Vicente interrompeu minha atuação; a continuar recebendo as carícias daquela maneira, ele certamente chegaria ao gozo. Levou-me para a cama e fez com que eu me deitasse.

Ele se afastou e caminhou até a parede. Fiquei analisando o corpo dele. A nudez não revelou nada do que eu já não tivesse imaginado. Vicente pressionou alguns interruptores. O quarto, antes à meia-luz, iluminado somente com um abajur, virou uma claridade só.

Minha nossa! O que será que ele pretende com todo esse clarão?

Ele me olhou com malícia. Não entendi de imediato o que aquilo significava, mas achei engraçado.

Ele voltou a caminhar em direção à cama sem deixar de me olhar nos olhos. Agora, mais do que malícia, eu via luxúria.

Vicente, com movimentos lentos, mas precisos, abriu as minhas pernas com as mãos, olhou para minha vagina e afagou com força as minhas coxas. Por alguns instantes, ficou olhando para o meio das minhas pernas abertas. Fiquei sem saber o que pensar. Aquilo era sem dúvida uma tara: admirar uma vagina muito bem iluminada!

— Que coisa linda! — Foi só o que ele disse.

Com as duas mãos, fez com que eu me abrisse ainda mais para receber a boca dele. Ele me lambeu e chupou com competência extraordinária. Gozei. Depois, colocou um preservativo e, então, me pôs de quatro. Não controlei o grito de prazer quando o pau dele me completou por inteira. Em alguns poucos momentos, dependendo da posição, senti que ele iria me rasgar, mas ainda assim foi só prazer. Era apenas uma leve sensação de passar dos limites, ir além do que qualquer outro jamais havia ido.

Ele manejou muito bem, trocamos de posições, alternamos penetração com carícias, vinho e mais sexo, beijos e mais vinho. Estávamos enlouquecidos e exaustos. Gozei outras vezes e, na última, ele me acompanhou.

Ele deixou seu corpo relaxar em cima do meu. Nosso batimento cardíaco foi voltando ao normal devagarinho. Ficamos ali, sentindo a respiração um do outro. Os corpos suados denunciavam a cumplicidade do desejo saciado. Ele foi saindo de dentro de mim aos poucos. Então, nós nos levantamos e tomamos banho juntos. Voltamos para cama. O resto da noite ainda nos reservou mais sexo e carícias inesquecíveis.

Na manhã do dia seguinte, um domingo, ele me deixou em casa. Foi jogar futebol com os amigos. Voltaríamos a nos encontrar no começo da noite.

Não sei o que aconteceu, mas depois de uma noite de sexo de enlouquecer, o desejo se multiplicou, como se aquilo fosse possível.

Eu queria muito ter aquele homem novamente.

Eu havia passado o dia todo pensando no pau duro dentro de mim, na maneira que ele quase engoliu meus seios, na minha vagina sendo beijada, chupada, sugada por ele.

Até a tara dele me agradou.

Durante o almoço com a minha família, me peguei, por vários momentos, completamente alheia ao que estava sendo conversado. Sinceramente, eu não conseguia me concentrar em absolutamente nada além daquele homem, seu vigor e como me fez sentir inteira.

Entrei debaixo do chuveiro, tentei me acalmar, meu corpo inteiro pulsava e se arrepiava. Então, me vesti e saí.

Cheguei ao flat. A ideia era assistir a um filme e, depois, adivinhem? Isso mesmo, muito sexo! Mas não conseguimos seguir a programação. O filme foi esquecido! Ficamos somente com o "muito sexo".

Havia uma surpresinha para mim.

Logo que entrei no apartamento, fui surpreendida com flores. Rosas vermelhas lindas. Mas essa não era a grande surpresa da noite.

Dediquei alguns segundos para elogiar e agradecer as rosas. Imediatamente depois, começamos a nos agarrar e, em segundos, já estávamos sem roupa.

Ele revelou que a tara ia além do que eu havia testemunhado na noite anterior. Eu estava com tanto desejo que estaria disposta a fazer qualquer coisa que ele me pedisse. O que se revelou para mim foi um homem que apreciava e admirava a anatomia do corpo da mulher. E, me desculpem se a palavra é rude ou explícita mais do que deveria, mas meu homem, o meu Vicente, adora, é louco por uma buceta! Que mulher de sorte eu sou!

Ele fez com que eu me deitasse na cama, depois se sentou em uma poltrona que ficava logo em frente.

As luzes todas acesas, como na noite anterior, faziam parte do show.

Ele disse baixinho:

— Abra as pernas devagar.

A partir daquela ordem, como se eu soubesse exatamente pelo o que ele esperava, sentado naquela poltrona, fui abrindo as pernas devagar.

No silêncio do quarto, a respiração ofegante dele foi virando música nos meus ouvidos. Conforme minhas pernas deslizavam lentamente para os lados, fui sendo dominada pela excitação.

Com as pernas já bem afastadas, dobrei um pouco os joelhos, apoiando os pés no colchão, levantei o quadril devagar e comecei a mexer com movimentos circulares delicados. Quanto mais eu dançava, mais ele se excitava.

Vicente começou a acariciar o pênis. Sua respiração ficou mais ofegante e eu levantei ainda mais o quadril. Apoiei bem a nuca na cama e, com as duas mãos, abri minha vagina e acariciei. Comecei a gemer, o que fez com que ele aumentasse o ritmo das carícias que oferecia ao pênis.

Ele me pediu para abrir mais as pernas e, então, levantou-se da poltrona, segurou meu quadril com as duas mãos e se fartou. Sua boca estava fervendo. Ele me chupou com força e, simultaneamente, colocou dentro de mim dois dedos e empurrou o máximo que pôde. Parecia que queria entrar com a mão inteira, e eu querendo mais.

Aí chegou a hora da surpresa da noite: um vibrador!

Ele me presenteou com um brinquedinho.

Colocou para vibrar dentro de mim enquanto beijava demoradamente meu corpo inteirinho, incluindo beijos intermináveis no meu clitóris.

Gente do céu!

O que foi aquilo?

Achei a ideia fascinante! Eu nunca havia gozado tantas vezes consecutivas em toda a minha vida.

Um dos momentos de maior prazer foi quando ele aumentou a intensidade das vibrações e fez com que o vibrador me adentrasse ainda mais profundamente. E, aí, debruçou-se sobre os meus seios usando as duas mãos e a boca. Ele mamou em mim, sugando, acariciando e apertando sem parar.

Depois de muito curtir meu corpo, ele retirou o vibrador. Tentei alcançar o pau dele, estava louca para tê-lo em minha boca, mas ele não permitiu. Quem estava dando as ordens era ele.

Vicente me beijou na boca com força, mordeu meus lábios com aqueles dentes maravilhosos e, então, montou em mim.

Que delícia, eu estava vivendo tudo de novo! Tudo com o qual havia sonhado o dia inteiro. O mesmo pau potente, a mesma fúria, o invadir por inteiro. Entrou e saiu de mim. Gozamos!

Eu simplesmente não acreditava em todo aquele sexo e paixão que estávamos vivendo.

Ficamos abraçados por um longo tempo. Adormecemos por algumas horas.

Fui a primeira a despertar. Não tive dúvida, afastei o lençol que nos cobria, toquei o corpo dele com carinho e o fiz despertar com a minha boca em seu pau. Foi um beijo longo e quente. Feroz e carinhoso. Rápido e lento. Os gemidos dele encheram o quarto. O gozo dele encheu a minha boca.

Três anos após daquela noite, nós nos casamos.

Vivemos anos de muito amor e comunhão. Esperamos alguns anos para ter nosso primeiro filho.

A gravidez não comprometeu nosso desejo. Pelo contrário, ficamos completamente acesos. Mas, é verdade que, aproximadamente uns trinta dias antes da chegada da Lorena, o negócio não rendeu muita coisa.

Aí ela nasceu e nosso mundo ficou completo. Passávamos horas olhando para aquela criança perfeita. Nesses momentos, segurávamos na mão um do outro, nos abraçávamos, beijávamos no rosto, na boca, mas, curiosamente, não pensávamos em sexo. Quer dizer, eu não pensava. Quanto ao meu professor...

Vicente estava radiante pela experiência da paternidade. Mas estava, também, muito, muito ansioso: ele passou a contar os dias para que pudéssemos voltar para as nossas noites de luxúria.

Foi justamente aí que o meu calvário começou. Naquela noite, com aquela frase: "Gostosa, agora falta pouco. Se prepare!".

Seguindo a orientação médica à risca, ainda deveríamos esperar uns doze dias. E o professor entrou em contagem regressiva.

Eu estava me sentindo enorme, pesada, com colônias de celulites no meu glúteo. Entrei em desespero! Como eu poderia perder tantos quilos em tão pouco tempo?

O número doze ficou martelando na minha cabeça: doze quilos em doze dias! Parecia uma promessa dessas dietas malucas que propõe milagres.

Eu, que jamais soube a diferença entre uma gorda e uma gordinha, tinha certeza de que havia mudado de faixa, ultrapassado a linha que divide as duas categorias. Não faço ideia de como se faz para saber dessas coisas, mas o fato é que a gente simplesmente sabe!

Era preciso encarar a realidade, não dava mais para me iludir: eu não era mais uma gordinha, a gravidez havia me transformado em uma gor-da!

Senti a palavra ecoando dentro do meu corpo: Goooooorrrdaaaaa! Goooooorrrdaaaaa!

Que desespero, meu Deus!

Tentei responder a uma pergunta simples: o meu Vicente sabia que a mulher dele havia se transformado em uma gorda?

Se vocês não sabem responder, imaginem eu que estava a ponto de ter uma crise nervosa!

Gente, era muita coisa misturada: um bebê de menos de um mês, doze quilos a mais, celulites para todos os lados, seios enormes, doloridos e que pesavam toneladas, hormônios alterados, um cansaço inacreditável em razão das noites mal dormidas, vontade de transar zero e, pior do que tudo, medo! Medo de perder a atmosfera de eterno romance em que Vicente e eu vivíamos.

Fiquei apavorada!

Durante os nove meses, o peso não me pareceu problema. Primeiro porque os quilos vão chegando devagar, um a um, e com isso nem você nem o seu marido se dão conta deles ou, pelo menos, não se preocupam com isso. Segundo, a própria gravidez é uma desculpa perfeita para o aumento de peso.

Posso falar? Eu morro de medo de desculpas verdadeiras! É confortável se esconder atrás delas, o problema é que você não pode se esconder para sempre.

Vicente seguia fazendo planos para a tal noite. Meu coração até disparava. Eu pensava no quarto, bem ao gosto dele, iluminado mais do que a luz do sol!

Como vocês podem imaginar, debaixo daquela luz toda, nada, absolutamente nada, poderia ser camuflado, escondido. Meu corpo estaria completamente exposto!

Assim, dia após dia, aumentava meu pavor.

Vicente já havia programado tudo: eu amamentaria Lorena e a colocaria para dormir. Nós já havíamos contratado uma babá, queríamos uma profissional já habituada à rotina de Lorena antes que eu voltasse a trabalhar. Então, depois da última mamada da noite, deixaríamos a babá com ela e teríamos algumas horinhas só para nós.

Faltando apenas dois dias para nossa segunda lua de mel, saí da cama com o forte propósito de me acalmar. Tentei entrar na mesma sintonia que ele e, assim, também comecei a fazer planos.

Primeiro passo, escolher uma lingerie sensual. Peças e mais peças foram experimentadas, mas nenhuma serviu.

Nenhuma peça, *nenhumazinha* sequer. Se encaixava de um lado, sobrava do outro. Espremia a parte de baixo, colônias de celulite brotavam mais acima e vice-versa.

Inferno!

Sentei-me na cama, desolada. Mas eu não podia desistir. Então, fui às compras.

Entrei na primeira loja de lingerie que havia no shopping próximo de casa. Descobri que naquela loja não havia lingerie para gordas, a numeração ia somente até a categoria das gordinhas. Eu sabia disso porque, quando pertencia à outra espécie, eu já havia comprado lá. Mas, agora, eles não tinham como me atender. Saí da loja revoltada.

Não desisti, rumei para segunda loja: bingo! Eles tinham *alguma coisa* em números maiores. Foi assim mesmo que a vendedora me disse: "acho que temos alguma coisa para o seu tamanho". Mas "alguma

De repente, me dei conta de qual seria meu real problema: a luz, o quarto todo iluminado!

A lembrança da luz maldita do provador me deu um calafrio.

Eu precisava de um plano.

Então, tive uma ideia brilhante: eu arranjaria um jeito de deixar o quarto no escuro, nada de luz.

Como eu não havia pensando nisso antes?! A ideia era simplesmente perfeita, sensacional! Fiquei empolgada!

Assim que cheguei em casa, dei início à minha estratégia. Comecei analisando o lustre do quarto. Qual seria a melhor maneira de fazê-lo não funcionar? Simples, queimar as lâmpadas. Eram três.

Eu poderia alegar que havia sido uma queda de energia. Isso já havia acontecido antes, inclusive provocando problemas na geladeira.

Aprimorando a ideia, decidi que ficaria perfeito e bastante convincente se, além da lâmpada do quarto, a dita queda de energia provocasse pane em outros ambientes e, quem sabe, até em eletroeletrônicos. Sem dúvida, isso afastaria quaisquer suspeitas sobre mim.

O plano me trouxe um pouco de alívio. Um pouco...

No dia "D", Vicente acordou eufórico. Antes de sair para trabalhar, me beijou e acariciou meu corpo com tanto entusiasmo que pensei que ele quisesse consumar o ato naquele momento. Que susto, viu!

Às quatro da tarde, fui até a área de serviço, peguei uma escada e voltei ao quarto.

Refinei a minha ideia: não seria preciso queimar as lâmpadas – o que, aliás, eu nem saberia como fazer –, bastaria desatarraxar, deixá-las levemente desencaixadas.

Assim foi feito.

O quarto ficaria só com a luz dos abajures e eu havia tomado um cuidado adicional: substituí as lâmpadas deles por outras menos potentes.

O plano havia sido executado com sucesso; o ambiente ficaria em uma penumbra total.

Esfreguei as mãos com ansiedade. Tudo estava perfeito!

Mas o mais importante era responder a uma pergunta: eu estava mais tranquila?

Não, não estava! Ao contrário do que eu havia imaginado, aquilo que deveria me acalmar só me fez sentir pior. Fiquei angustiada, com remorso. Eu não estava sendo honesta com ele, conosco.

Passei o resto da tarde no maior desassossego, andando de um lado para outro da casa.

O Vicente chegou e minha angústia aumentou.

Ele estava feliz, um brilho delicioso em seu olhar. Sorriu para mim como um menino. Ele me trouxe flores. Nós nos abraçamos com muito amor.

O plano seguiu como planejado: a última mamada e Lorena colocada para dormir.

Vicente não havia percebido nada. Eu já havia acendido a luz dos abajures. Frequentemente, ficávamos somente com pouca iluminação, ele só fazia questão de luminosidade total quando estávamos fazendo amor.

Ele entrou no banho. Comecei a tremer. Um remorso sem fim começou a me entristecer.

Meu Deus, o que eu estou fazendo?

Vesti um robe de seda, sem nada por baixo. Deixei a peça entreaberta.

Vicente saiu do banheiro. Meu coração disparou. Eu estava em pé, parada perto da cama.

Ele me beijou, então, pegou na minha mão e caminhou comigo em direção ao interruptor. Minhas pernas tremeram. Ele tocou uma vez, depois outra. Nada de luz. Ele olhou para mim completamente incrédulo.

— O que terá acontecido? As três lâmpadas queimadas! Nós temos outras?

Fiquei meio gaga.

— A-a-acho que não!

O olhar de desapontamento dele me fez voltar à realidade, voltar ao meu normal.

Resolvi interromper aquela bobagem toda.

— Vai ver as lâmpadas não estejam bem encaixadas. Pode acontecer durante a limpeza do lustre.

Ele respondeu, com esperança:

— Tomara que seja isso, vou pegar uma escada.

Uma mistura de alívio e ansiedade tomou conta de mim.

Respirei fundo. *Seja o que Deus quiser!*

O professor apertou as três lâmpadas.

Fez-se a luz!

O rosto dele também se iluminou de alegria.

Ele não se deu ao trabalho de levar a escada de volta à área de serviço. Afinal, o amor tem pressa.

Nós nos beijamos com amor e desejo. Não pensei em mais nada. Gorda, gordinha, quilos, celulites, tudo se foi.

Entreguei-me ao homem que amo e lhe proporcionei o prazer que ele desejava e merecia.

Fizemos amor com muito desejo. Gozamos e saciamos um ao outro.

Meu marido, meu homem, me amou mais do que nunca. Agora, além de sua mulher, companheira, amiga, amante, eu era também a mãe da sua filha. Ele me fez sentir a mulher mais amada e desejada do mundo.

Foi inevitável me lembrar da minha mãe e de todos os seus conselhos e sentenças.

Um homem apaixonado age de acordo com o amor que diz sentir. Nenhuma dúvida fica pairando no ar, sua mulher saberá que é amada.

Mamãe sempre esteve certa: o amor manda e tem pressa!

O resto, minhas amigas, nada mais é do que um grande "me engana que eu gosto"!

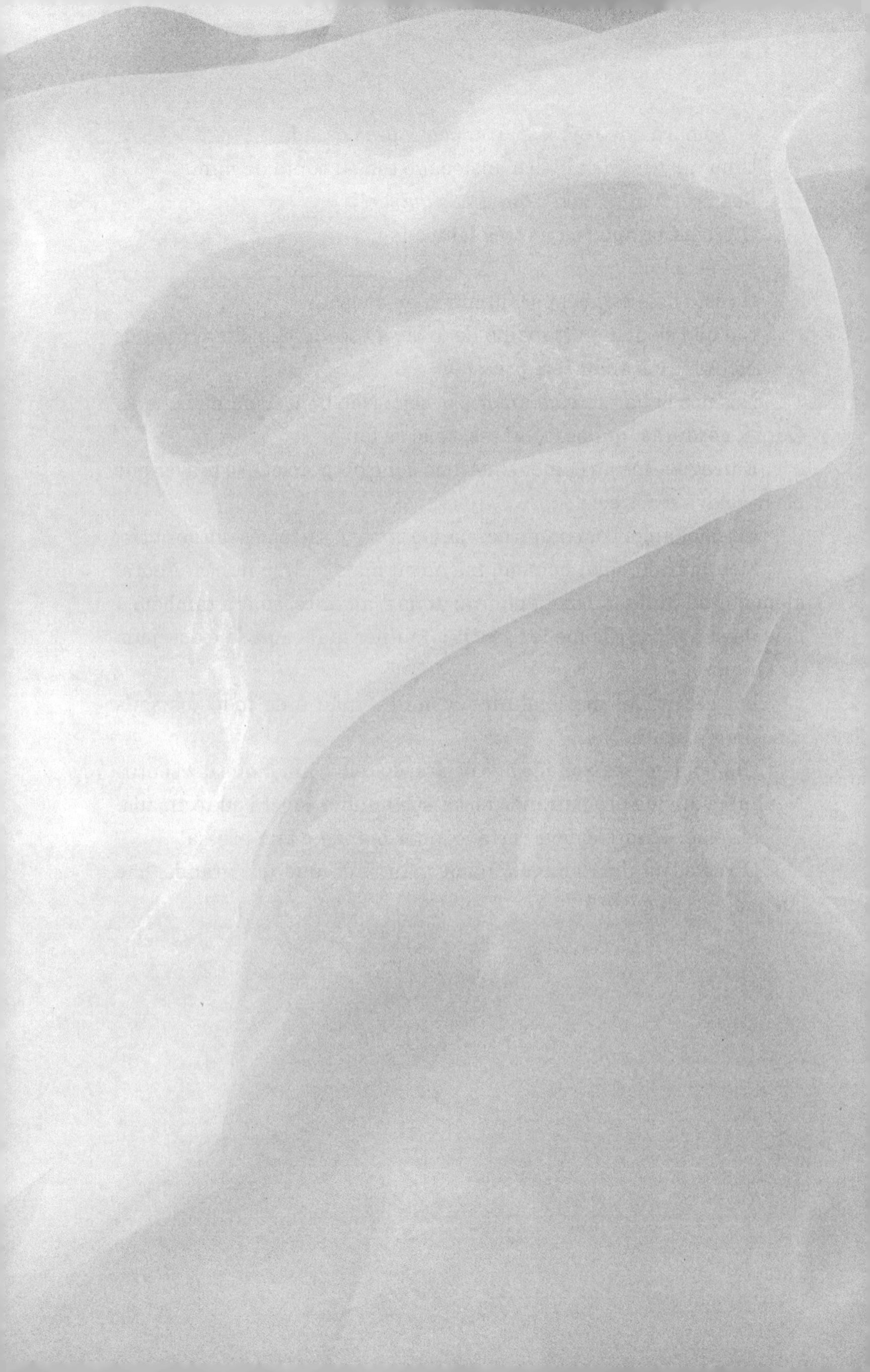

SE MEU CARRO FALASSE

FERNANDO INSISTIA PARA QUE EU LHE DESSE UMA resposta objetiva. Afinal, segundo ele, era uma pergunta pra lá de simples!

— Fe, não existe resposta fácil.

— Pare de tentar me enrolar. — Ele sorriu. — Caramba, eu só quero saber qual é o perfil de homem ideal pra você.

Tentei explicar que não era uma única característica física, nem um traço específico de personalidade, comportamento, crença... Era a soma de tudo. Mas ele chamou minha explicação de enrolação. Não se convenceu.

— Vamos lá, qual é o seu homem ideal?

Eu o fitei por alguns segundos com um olhar que ele conhecia muito bem. Fernando é um dos meus melhores amigos.

Ele sorriu.

— Lá vem, em que essa mente pervertida está pensando?

Sorri também.

— Ué, você não quer uma resposta que o satisfaça? Talvez eu tenha uma pra lhe dar.

— Manda — falou, já se divertindo.

— Fe, preste atenção, dos mais de sete bilhões de pessoas que existem no mundo, nós, mulheres, somos quase 50%. Quando falamos em um "homem ideal", é obvio que não existe um padrão, como um modelo tamanho único. Pelo contrário, as preferências são as mais variadas possíveis. Algumas mulheres gostam de homens amorosos e companheiros, não importa se são bons amantes. Outras caçam homens poderosos, do tipo quanto mais rico, melhor. Muitas preferem homens inteligentes e descolados e, também, não se importam se são bons amantes. Agora, se você quer saber o que realmente me interessa em um homem, acho que você já sabe a resposta.

— Achou errado. Eu não sei resposta nenhuma.

— Bom, pra mim...

— Fala logo. — Ele gargalhou.

– Pra mim, desde que sejam extraordinários amantes, eu gosto de todos eles, sem exceção!

A resposta o satisfez e ele soltou uma risada alta e debochada.

Bom, continuando a falar de mim: muito prazer, meu nome é Mel Moreno.

Vocês nem precisam me dizer, eu sei que Mel Moreno mais parece uma combinação para fins artísticos do que um nome real. Mas, acreditem, está lá, registrado na minha certidão de nascimento.

O nome foi ideia do meu pai. Mas desconfio de que minha mãe tenha concordado sem nenhuma resistência.

Como toda mãe, assim que colocou seus olhos orgulhosos em mim, ela me achou linda. Eu soube que ela tinha feito planos mirabolantes para o meu futuro: atriz ou modelo famosa. Então, o nome lhe pareceu adequado.

Os sonhos dela não passaram nem perto de se realizar. Jamais tive nenhuma inclinação, nem jeito para as passarelas, fotos e afins.

Eu sou médica. Os momentos de maior glamour a que estou exposta são seminários nos quais apresento avanços sobre próteses. Uma paixão minha. E devemos concordar que não existe nada de glamoroso nisso. É verdade que existe reconhecimento profissional e isso me basta. Afinal, um médico não precisa de glamour, e tenho certeza de que meus pacientes preferem um médico mais acolhedor e competente, e menos uma estrela envaidecida.

Mas, expandindo meu pensamento, acho que minha mãe não estava completamente errada. Em algumas situações, eu bem que me vejo assim: linda, uma estrela no centro das atenções. Pelo menos é o que vejo nos olhos apaixonados de um homem.

Não é fascinante ver admiração e desejo refletidos nos olhos deles? Nos olhos do homem que você quer?

Gente, é maravilhoso!

Desejo não pode ser fabricado. Não pode ser dissimulado. Um gemido aqui, um malabarismo ali, tudo pode ser cuidadosamente encenado, menos o olhar.

Adoro saber que sou desejada! Que desejam minha companhia, minha amizade, meu carinho, meu corpo, meu amor...

É certo que a vida, graças a Deus, proporciona inúmeros outros prazeres. Mas, se eu puder escolher, digo sem medo de errar: sexo desbanca boa parte deles.

Bom, o Fernando já sabia disso, afinal, não era segredo para ele. A pergunta havia sido feita apenas para introduzir o assunto "sexo" na nossa conversa. O papo regado a vinho estava bom, mas já era tarde e eu tinha que acordar muito cedo. Fernando foi embora. Peguei minha taça e virei o restante. Senti a bebida descer suavemente.

Dormi como um anjo.

Na manhã seguinte, acordei encafifada. Sabe quando você sonha, mas não consegue se lembrar dos detalhes? Eu só tinha uma certeza: eu havia sonhado com o Gabriel. O que ele estava fazendo no meu sonho, eu não tinha a menor ideia.

Ele havia sido meu colega de classe na faculdade. Era um sujeito franzino e calado, um tipo que podia passar despercebido. Não era exatamente tímido, somente na dele, caladão.

Eu, particularmente, adoro homens quietos, mas que tenham um olhar inquieto. Muitas vezes, os olhos precisam apenas de uns poucos segundos para falar coisas que não poderiam ser traduzidas nem em mil palavras.

Não importa onde você esteja: festa, academia, universidade, trabalho, aeroporto. Não importa se ele é um desconhecido, alguém que você já conhece ou alguém por quem você já se sente atraída. O que realmente importa é a mensagem secreta que está sendo enviada.

Apenas os olhos do outro serão capazes de decifrar. Se você é uma pessoa tímida, eu sei que é difícil sustentar o olhar do outro. Mas não se preocupe, vocês estão despidos diante um do outro. Ele saberá entender que é timidez, e não rejeição.

Contudo, eu recomendo: muita atenção para o que seus olhos dizem por aí. Cuidado para que sua boca não fale uma coisa, quando os seus olhos dizem outra.

No quesito comunicação do olhar, sinceramente acredito que nós, mulheres, temos uma capacidade maior do que a dos homens para dissimular os nossos sentimentos, dessa maneira, se estivermos atentas, conseguimos controlar o olhar e, assim, não revelar segredos desnecessários. Em geral, os homens são menos hábeis, principalmente se o assunto envolver sexo. Eles não conseguem camuflar uma atração.

Voltando ao Gabriel, não me recordo muito bem de como eram os olhos dele. Acho que nunca havíamos trocado intimidades ou qualquer outra coisa com o olhar durante os anos na faculdade.

Depois de formados, nunca mais o vi.

Mas ele era passado e eu tinha duas cirurgias esperando por mim.

Cheguei ao hospital às seis e vinte da manhã. Finalizadas as duas cirurgias programadas para aquele dia, passei no restaurante. Comprei um lanche para comer assim que chegasse ao meu consultório. Eram três da tarde quando entrei no elevador.

Estava com o pensamento longe, pensando no paciente da segunda cirurgia, um homem de 62 anos. Ele tinha um quadro de saúde muito bom, mas o joelho direito, muito comprometido, exigiu uma prótese. Ele estava apavorado, nunca havia sido internado. Tinha pavor só de pensar em injeções. Deu muito trabalho à equipe de enfermagem. Ele tremia muito, as veias desidrataram e sumiram, os braços ficaram lisos como velas, não havia sinal de sangue correndo naqueles braços. Ele fechava os olhos e suava frio. A enfermeira foi hábil e conseguiu acalmá-lo suficientemente para que ela pudesse fazer seu trabalho: encontrar uma veia boa para fazer o acesso.

A porta do elevador se abriu, e eu desci. Depois de alguns passos, olhei na direção em que meu carro deveria estar estacionado, mas ele não estava lá. Aquele não era o piso em que eu havia estacionado. Nem perdi meu tempo em praguejar, aquela não era a primeira e certamente não seria a última vez em que eu desceria no piso errado. Eu estava no G1 e, o carro, no piso G2.

Estava voltando para o elevador quando escutei alguém me chamando.

— Dra. Mel! — Não reconheci a voz.

Virei apenas o rosto na direção da voz desconhecida.

— Gabriel?!

Falei com uma espécie de espanto e dúvida, exclamação e interrogação ao mesmo tempo.

Talvez, se eu não tivesse sonhado com ele na noite anterior, provavelmente não estabeleceria qualquer relação entre aquele homem, diga-se de passagem, delicioso, que estava na minha frente e o aluno franzino de anos atrás.

— Oi Mel, como você está?

Quanto tempo eu demorei para responder, eu juro, não sei. Mas sei que foi suficiente para que ele, o ex-franzino, se sentisse vitorioso! Certamente estava tudo escrito nos meus olhos. Ele tinha certeza da boa impressão que estava causando.

O franzino, agora, era um homem que exalava virilidade e segurança. Montes de testosterona disponíveis para entrar em ação. Alto, forte, moreno, olhos castanho-escuros. A barba rala encaixava bem no rosto de pele morena. O cabelo, antes meio longo e despenteado, deu lugar a um corte bem aparado e curtíssimo. Gostei de tudo o que vi. E olha que prestei bem atenção em todos os detalhes!

Nos primeiros segundos, a surpresa me fez ficar encabulada. Na verdade, sou um pouco tímida, mas, graças a Deus, só um pouco.

Mas o embaraço passou logo e uma sensação mais interessante, eu diria mais entusiasmada, me dominou.

— Nossa, que surpresa encontrá-lo aqui! Estou muito bem e você? — perguntei e sorri, já sem nenhuma timidez.

— Eu não posso reclamar, está tudo indo muito bem!

coisa" se limitava a dois modelos: um camisolão de flanela e uma camisolinha que julguei que, com sorte, até poderia me cair bem, ou pelo menos entrar.

Resolvi experimentar. Entrei no vestiário, tirei a roupa e, antes de provar, resolvi dar uma conferida no bumbum. Mesmo contra a minha vontade, um grito de horror saiu pela minha boca! A vendedora perguntou, com a voz assustada, se estava tudo bem.

Controlei-me para não continuar gritando. Como poderia estar tudo bem com aquela luz e espelho malditos?

Meus olhos estavam quase voando da cara, me deparei com uma concentração de celulites enorme. Era difícil de imaginar que estavam todas ali no meu corpo. A luz do provador parecia ter feito com que as miseráveis se multiplicassem!

No desespero, cogitei pedir para provar o camisolão de flanela, afinal, estava com preço ótimo, pois era sobra da coleção de inverno. O único problema era que, por aqueles dias, estava fazendo um calor dos infernos! Mas é claro que aquele não era o único problema. Como usar um camisolão em uma noite de segunda lua de mel? E, ainda pior, de flanela?

Mais uma ideia como aquela e eu mesma me internaria.

Soltei uma gargalhada nervosa. Até ali, a vida de gorda não estava sendo muito fácil. Mas eu estava obstinada, não ia desistir.

Vesti a camisolinha de seda e renda, afinal, foi para isso que entrei naquele provador, caverna do diabo! Ficou ridícula: os peitos ficaram pulando para fora, no quadril, ficou superapertada, prestes a rasgar. Simplesmente assustador.

Dei-me por vencida!

Saí do shopping com as mãos abanando.

Depois de pensar um pouco, percebi que uma lingerie não seria a peça fundamental na noite. Afinal, a tara preferida do Vicente acontecia comigo deitada nua, abrindo as pernas bem devagar, ele olhando, se masturbando, depois se lançando sobre mim... Enfim, não ter uma roupinha sensual não seria nada de outro mundo.

— Você está ótimo, pelo jeito a prática da medicina está lhe fazendo muito bem mesmo!

— Você também não está nada mal. Está como sempre, linda e radiante!

Ficamos nos olhando por alguns segundos. Era um olhar de curiosidade, como se estivéssemos processando o que o tempo havia feito um com o outro.

Rompi o silêncio.

— O que você tem feito?

— Mel, eu fiz especialização em ginecologia. Fui para os Estados Unidos, fiz alguns cursos e trabalhei lá até o ano passado. Agora estou de volta.

— Voltou por quê?

— Saudades de casa! — Ele sorriu enquanto falava. Um sorriso encantador.

— E você, em que se especializou?

— Ortopedia. Aqui é um dos hospitais em que eu opero.

— Eu comecei a trabalhar aqui no mês passado. E que surpresa boa ver você por aqui.

— Obrigada! Pra mim também é uma alegria. Principalmente por vê-lo assim, tão bem!

Ele emendava uma pergunta na outra.

— Você está saindo ou chegando?

— Estou saindo, é que desci no andar errado.

Sorrimos.

— Vamos, eu acompanho você até seu carro. Assim, conversamos mais um pouco.

Entramos no elevador. Em um gesto de atenção, ele colocou a mão levemente nas minhas costas, fazendo com que eu entrasse na frente e ele logo atrás.

Os dois médicos que já estavam no elevador quando entramos também desceram no G2.

— Você tem certeza de que seu carro está neste piso? — perguntou ele, debochando.

— Acho que sim!

Ele me olhou incrédulo. Nós dois sorrimos.

Quando nos aproximamos do meu carro, comecei a diminuir o ritmo dos meus passos.

— Pronto, achamos!

Ele olhou o carro e sorriu.

— O que foi? — perguntei com curiosidade.

— Nada! — Ele continuou sorrindo.

— Como, nada?

— A medicina também tem feito muito bem pra você! Veja que avanço. Agora, sim, você tem um carro.

Eu gargalhei.

— Pelo amor de Deus! Na época da faculdade o Chevette e depois o Corsa estavam caindo aos pedaços, mas foi o melhor que eu consegui na época.

— Eu sei, o dinheiro era curto pra todos nós. Eu estou apenas brincando.

Rimos um pouco mais. Eu gostaria de continuar a conversa com ele, mas o dever me chamava. Tinha pacientes para atender no consultório.

Trocamos telefone e combinamos de tomar um café "qualquer dia desses".

Quero deixar uma coisa bem clara: eu odeio, odeio com todas as minhas forças quando as coisas terminam dessa maneira: "qualquer dia desses". Na prática, isso não significa absolutamente nada! Para dizer bem a verdade, acho isso muito irritante e com todo jeito de que não vai dar em nada.

Quando saí do consultório, já passava das oito da noite. Eu estava me sentindo exausta.

Lembrei-me de que não havia quase nada na geladeira de casa. Então, passei no supermercado.

Durante todo o percurso, desde que saí do consultório até chegar em casa, não pensei em outra coisa que não fosse no Dr. Gabriel e seu novo visual.

Achei muito curioso o fato de ele se lembrar do carro que eu tinha. Ou seja, ele prestava atenção em mim.

Hum, aquilo me pareceu interessante.

Tomei um banho morno que me fez relaxar completamente.

Uma mistura de sentimentos me invadiu. Um filme se passou pela minha cabeça e, com ele, muitas perguntas. Quanta coisa havia acontecido desde que eu havia me formado. Foram tantas decisões, tantas decepções, emoções, frustações, realizações... O questionário foi inevitável.

E se eu não tivesse me casado?

E se eu não tivesse me separado?

E seu tivesse tido filhos?

E se eu tivesse, como o Gabriel, ido estudar e trabalhar fora do Brasil?

E se eu tivesse me casado com o Marco Antônio e não com o Ricardo?

Agora, com 35 anos, o que significava tudo o que eu já havia vivido?

Uma angústia incômoda, uma nostalgia dolorida me tocou. Um sentimento de perda, sabe lá Deus do que, tomou conta de mim.

Naquela noite, minha cabeça virou uma confusão só. Não dava para tentar responder nenhuma das minhas perguntas, todas elas carregadas de "se eu tivesse feito isso" ou "se eu tivesse feito aquilo".

Em vez disso, pensei nos meus colegas da faculdade, muitos dos quais eu nunca mais havia tido notícias. Como eles estariam? Desejei que todos, cada um a seu modo, estivessem tão bem quanto o Gabriel aparentava estar.

Sim, aquele foi o meu desejo do dia: que todos meus colegas de classe tivessem tido uma vida generosa! Mas dormi pensando em apenas um deles.

Boa noite, Gabriel!

Quando acordei na terça-feira, o rosto dele já estava na minha cabeça. Aliás, acho essa coisa muito esquisita: a gente ainda nem se deu conta de que já está acordada e o pensamento já está fixo em alguém.

Eu passaria no hospital apenas para visitar os meus pacientes que estavam internados. A probabilidade de encontrá-lo seria muito pequena. No dia seguinte, sim, as chances aumentariam. Eu teria uma cirurgia, mais as visitas aos pacientes e ainda almoçaria no restaurante do hospital.

Contei as horas para a quarta-feira chegar, e ela chegou.

Acordei imensamente cansada, com aquela cara de sofrimento: rosto inchado, olheiras, a pele de um branco anêmico, lábios secos e, como se não bastasse, dor na coluna. Uma médica ortopedista com dor na coluna! Não é uma piada?

Uma legítima piada pronta!

Em outras palavras, eu estava esgotada. Minha sorte foi pensar no Gabriel. Ele, ainda que sem saber, me deu energia para me arrumar e forças para enfrentar o dia que prometia ser longo. Vejam o efeito que um homem pode causar!

Cumprida minha agenda, cirurgia e visitas, fui para o restaurante.

O lugar estava cheio de gente, e eu, cheia de ansiedade. Disfarçadamente, passei os olhos em todas as direções. Do lado esquerdo da porta de entrada ficava o caixa, e Gabriel, o meu estimulante do dia, estava lá.

Havia uma pequena fila de pessoas que esperavam sua vez para pagar o almoço.

Ele era o último e estava acompanhado de outras duas médicas.

Fiz uma rápida, mas rigorosa, avaliação das sirigaitas.

Eram duas morenas cabeludas, com jeito de quem tem muito amor para dar. Uma delas, enquanto falava, colocava a mão no ombro dele, fazendo aquele jogo de corpo que a gente conhece muito bem. Estava escrito na testa, nos olhos, na boca, no corpo todo: eu quero dar para você!

A outra cabeluda, também cheia de más intenções, jogava o cabelo para trás e sorria sem parar. O que poderia ser tão engraçado? Muito provavelmente, o assunto não tinha graça nenhuma, a criatura só queria escancarar a boca lotada de dentes. Quando sorria, mostrava todos eles. Acreditem, eu vi até os sisos.

Ai, que raiva! Ai, que raaaaiva!

Não preciso nem dizer que perdi até o apetite. Ainda assim, empurrei um prato de arroz com feijão, filé de frango e salada. Amuada, sem sequer ter sido vista por ele, rumei para o consultório.

Quando cheguei em casa, já estava calma e ri de mim mesma. Eu havia vestido a minha roupa de trabalho mais bonita. Sabe aquela roupa que é um coringa, que sempre que a gente veste se sente bem? Então, fui com ela, mais maquiagem, sapatos elegantes e perfume bom.

Gargalhei quando me lembrei das duas morenas, em pensamento eu as havia xingado de "vacas".

Mas o melhor a fazer era esquecer as duas criaturas e focar minha energia nele.

Eu ainda teria mais uma chance naquela semana.

Comecei a contar as horas para a chegada da sexta-feira, porque na quinta a passagem pelo hospital seria muito rápida.

Até aqui, vocês já devem ter percebido como minha vida estava monótona e desinteressante por aqueles dias. Imaginem toda aquela euforia por um homem que, na verdade, era quase um completo desconhecido. O que eu sabia sobre o Gabriel? Nada! O fato de ele ter estudado comigo não o tornava próximo, amigo, nada!

Gargalhei, me sentindo absurdamente ridícula. Como eu poderia estar fazendo aquilo comigo? Eu estava apostando a alegria dos meus dias e, quem sabe, muito mais do que isso, em um sujeito que eu havia reencontrado no estacionamento depois de anos. Fora isso, ele poderia ter namorada ou até mesmo estar casado.

Repeti algumas vezes: ridícula, ridícula, ridícula!

Agora, ridícula ou não, eu não ia desistir. Eu apostaria nele, sim!

Então, depois do que me pareceu ser uma eternidade, a sexta-feira chegou. Desta vez, não teve roupa especial, sapatos elegantes, ou qualquer outro cuidado extra. Nada!

Vesti um jeans, sapatilhas e camisa de manga comprida. Saí sem grandes expectativas, afinal, pelo que eu havia presenciado, uma das morenas cabeludas poderia ter saído na dianteira e ter aberto larga vantagem sobre mim.

Saí de casa com o espírito de que "seja o que Deus quiser".

Naquela sexta, eu só teria uma cirurgia relativamente simples, sem potencial para complicações. Assim aconteceu e, antes da hora do almoço, eu havia finalizado meus compromissos no hospital.

Sorte a minha de ter saído de casa sem muitas esperanças. Eu já estava indo embora e nem sinal do Gabriel.

Estava distraída esperando o elevador, divertindo-me com bobagens que alguns amigos haviam enviado nos grupos do WhatsApp.

Sempre que leio essas tolices, fico me perguntando quem arranja tempo para bolar tanta coisa, sem falar na criatividade. Estava sorrindo sozinha de uma dessas piadas infames quando a porta do elevador se abriu.

Como enviado dos céus, lá estava aquela coisa linda que atende pelo nome de Gabriel, sozinho no elevador, descendo para o estacionamento.

Emendei o sorriso, desta vez, de alegria.

— Oi, Dra. Mel, está rindo do quê?

— Oi, Gabriel, veja você mesmo. — Passei meu celular para ele.

Enquanto ele lia, lembrei-me de que não havia apertado o botão do meu andar. Olhei para a chapeira, o G2 já estava aceso. Havíamos estacionado no mesmo piso. *Ótimo!*, pensei.

Nós dois sorrimos da piadinha tola.

— Mel, você continua com o mesmo sorriso.

O elevador parou, pacientes e outros profissionais do hospital entraram. Gabriel e eu ficamos em silêncio, mas, na minha cabeça, mil e um pensamentos faziam um barulho danado.

Em outro andar, mais e mais pessoas entraram no elevador, e ele precisou se aproximar de mim. Ficou tão perto que pude sentir a respiração dele. Fiquei posicionada à frente dele, mas meio de lado. O braço e parte do peito dele tocaram levemente a lateral das minhas costas. Mais um andar, a porta do elevador se abriu, algumas pessoas saltaram e outras, em maior quantidade, entraram.

Foi preciso que todos dessem um passo para trás, o que nos aproximou ainda mais. Estávamos colados um ao outro no fundo do elevador. A essa altura, mesmo sem olhar diretamente para ele, eu pude sentir que ele me examinava com cuidado. Seus olhos percorriam os meus cabelos, o meu rosto. Parecia sentir meu cheiro.

Fiquei inquieta. Talvez inquieta não seja a palavra certa. O melhor seria dizer nervosa, ou, melhor ainda, excitada.

Enfim o G2 chegou. Descemos.

— Mel, continuando o que eu estava dizendo, seu sorriso continua o mesmo.

— Gabriel, não invente coisas, você mal deve se lembrar de como eu era, imagine se lembrar especificamente do meu sorriso!

— Mel, em todos esses anos, sempre que penso em você, é com esse mesmo sorriso que te vejo.

— Nossa senhora, Gabriel! Que memória! Você se recorda de tudo: sorriso, carro... Do que mais você se lembra? — perguntei, me divertindo.

— Do desejo que sempre tive por você!

Por mais atrevida que eu fosse, eu jamais imaginaria uma resposta direta como aquela. Fiquei sem reação.

Menos de cinco minutos antes, eu já tinha me dado por vencida, achando que eu ia embora do hospital sem vê-lo. Agora, não só estávamos ali conversando, como, mais importante que isso, estávamos flertando!

— Mas você nunca falou nada, nunca tentou se aproximar de mim...

— Na faculdade, você namorou o Henrique e depois, pelo que me recordo, o Leandro, não foi?

Eu confirmei.

— Eu não queria arrumar confusão e, ainda mais, porque você nunca deu bola para mim.

Sorrimos.

— Eu posso tentar recuperar o tempo perdido — respondi e sorri com malícia.

—Então, posso confessar e também te perguntar uma coisa?

Eu sorri e respondi com cuidado:

— Confessar, você pode confessar o que quiser. Aliás, perguntar também. Fique à vontade e pergunte o que quiser. Só não posso garantir que vou responder. Mas vamos lá.

Ele sorriu.

— Sabe por que eu me recordo dos seus carros?

— Não faço a menor ideia — respondi, curiosa.

— Você costumava estacionar no fim daquela rua sem saída, você se lembra?

— Lembro. — Aquilo estava me parecendo surreal, como ele poderia se recordar de tantos detalhes?

— Umas duas ou três vezes, vi você e o Henrique no carro. Naquela época, a gente podia namorar em um carro estacionado na rua sem medo de ser assaltado, assassinado... Bom, deixando isso pra lá, o fato é que eu ficava completamente excitado. Você não imagina como eu gostaria que fosse eu, ali, com você!

Senti uma mistura de sentimentos. Fiquei meio sem jeito, rindo sem parar. Falei, ainda sorrindo:

— Nós não fazíamos nada demais. Às vezes, depois do almoço, antes das aulas do período da tarde, descansávamos um pouco e, algumas vezes, a gente se beijava, se abraçava.

Ele sorriu.

— Era só isso?

Eu também sorri.

— O que você acha que conseguíamos fazer dentro de um Corsinha?

Ele continuou sorrindo.

— Eu não sei! O mais importante pra mim não era saber o que você estava fazendo, mas o que você e eu poderíamos fazer juntos! O que eu gostaria de fazer com você.

Minha Nossa Senhora! Que cabra ligeiro!

Fiquei me sentido nocauteada, uma mistura de excitação quase virginal e ternura. Não me perguntem a razão de misturar ternura com desejo. Só sei que, naquele momento, tive um profundo sentimento de afeto por ele. Uma lembrança doce do passado. Fiquei confusa e emocionada. Tive vontade de amar loucamente aquele homem, ficar abraçada com ele por horas. Conversar sobre tudo o que havíamos vivido até ali, entrar na vida um do outro.

"*Meu Deus, quem é esse homem*?", eu me perguntava.

Ele percebeu o meu estado de confusão mental.

Ficamos nos olhando. Os olhos dele me suplicando.

— Onde está seu carro?

Eu não respondi.

Segurei a mão dele e caminhamos em silêncio. Nossas mãos se aquecendo deliciosamente. Nós não falamos nada. Seguimos em direção ao meu carro, como se fôssemos um casal de estudantes.

O carro estava estacionado ao lado de uma parede. Nada poderia ser melhor!

Nervosa, deixei a chave cair. Ele a pegou com um impulso rápido. Novamente nos olhamos, calados.

Entramos. Eu travei as portas.

Nossos olhos percorreram o rosto um do outro e se fixaram na boca. Meu coração disparou. Senti meus lábios, que, parecendo ter vontade própria, se entreabriram lentamente. O mesmo aconteceu com os lábios dele.

Com delicadeza, ele passou a ponta dos dedos no meu rosto, alcançou os lábios. Deixei que dois dedos dele penetrassem a minha boca. Suguei devagar. Os olhos dele amoleceram.

Ele segurou meu rosto com as duas mãos. Começamos a nos beijar. Para ele, beijos com gosto de desejo realizado, para mim, beijos com gosto de descoberta e luxúria. Nos abraçamos tão forte que quase cheguei a sufocar.

Os beijos dele eram simplesmente enlouquecedores. Senti minha calcinha molhar. Em um movimento feroz, os dentes dele se chocaram com o meu lábio inferior. Cortou. Em outro momento, batemos dente com dente.

Ele apertou e mordeu meus seios. Fiquei ainda mais molhada. Abri o zíper da calça dele e acariciei seu pênis. Depois, afastei o rosto dele do meu corpo. Fitei seus olhos, abri a minha boca e, como que em câmera lenta, fui deslizando minha língua para fora. Comecei a abaixar a cabeça em direção ao pênis e continuei olhando nos olhos deles até onde foi possível. Minha língua foi ficando mais e mais à mostra.

Prestes a alcançar o pênis, uma gota de saliva caiu da minha boca e se juntou ao sumo que saía de dentro dele. Então, eu mergulhei. Um mergulho profundo.

Por um momento, ele ficou imóvel, somente seu pênis rijo pulsando na minha boca. A respiração dele denunciava o prazer.

Com mãos firmes, ele trançou os dedos entre os meus cabelos. Ora os puxando, ora os massageando.

Eu acredito que aquele tenha sido o momento que ele sempre desejou. Um carro, ele e eu. Os dois mortos de tesão e ele se deliciando naquela que seria a chupada mais extraordinária da sua vida. Gemeu enlouquecidamente! Gozou em delírio!

A paixão aconteceu naquele exato momento.

Vocês podem estar se perguntando: e o amor?

Bem, o amor...

Mas vamos com calma. Eu vou, eu quero contar tudo. Preciso dividir com vocês o que esse homem significou e ainda significa para mim.

Nós dois tínhamos compromissos profissionais no restante daquele dia. Depois, eu havia marcado de jantar com a minha mãe e ele ia rever alguns amigos.

Reservamos o dia seguinte, sábado, para terminar o que havíamos começado.

Combinamos que jantaríamos em minha casa. Ele chegaria às nove da noite.

Nós nos despedimos com um beijo longo.

Quando fiquei sozinha no carro, olhei ao redor, tentando descobrir se tínhamos sido vistos. Nada indicava que sim.

Respirei profundamente e, ainda incrédula pelo que havia acontecido, me olhei no espelho. Definitivamente eu me sentia mais segura, mais mulher do que nos tempos na universidade. E, aqui entre nós, uma paixão nos transforma. Transforma todas nós em meninas de não mais de dezoito anos. Naquele momento, eu era a jovem caloura da faculdade de Medicina.

Então, me recordei do olhar dele e, como já falei para vocês: sempre que me acho linda é reflexo do que vejo nos olhos de um homem. Você é uma mulher linda! Era isso que o olhar dele me dizia.

Se era verdade, não sei, mas aquele sentir me bastava!

Pelo menos naquele momento.

Nem sei quando havia sido a última vez que eu me sentira assim.

O que mais eu poderia querer daquela sexta-feira ensolarada?

Antes de pegar a minha mãe, passei em casa para um banho rápido.

Abri a ducha. Quando a água morna bateu no meu corpo, tive um arrepio. Eu simplesmente não conseguia parar de pensar nele. Deslizei o sabonete pelo meu corpo e fechei os olhos. Os beijos, o toque das mãos dele, as mordidas precisas nos meus seios. Minhas pernas tremeram.

Tive uma vontade louca de me masturbar, mas não havia tempo, eu estava atrasada. Seria muito melhor esperar para saciar meu desejo com ele.

Saí do chuveiro e me apressei, pois não queria fazer a minha mãe esperar.

Decidimos comer uma pizza.

Coitada da minha mãe. Deus sabe o esforço que fiz para que ela não percebesse onde eu realmente estava: meu pensamento permanecia no carro, nos gemidos, no gozo dele.

Uma mãe querida, uma pizza deliciosa, uma noite morna, tudo perfeito! Acho que dei conta de parecer atenta a tudo o que ela havia me dito. Acho.

Deixei minha mãe, a abracei com amor, repeti o que ela já sabia: que eu a amava muito. Parti.

Tudo o que eu mais queria naquele momento era dormir a noite inteira. Precisava descansar e garantir que minha pele estivesse renovada para o dia seguinte.

Mas quando a gente mais precisa da gente, é aí que a gente se trai. Coisa bem de Judas Iscariotes. Assim, em vez do sono renovador, passei quase toda a noite em claro, me lembrando inúmeras vezes de cada detalhe daquela sexta-feira.

Não sei se já aconteceu com vocês, mas eu pensei tanto no Gabriel que, em certo momento, eu não conseguia mais visualizar exatamente como era o rosto dele. Estranho, né?

Enfim, levantei cedo. Passei em visita no hospital. Depois começou a maratona: unhas, sobrancelhas, depilação, hidratação e escova no cabelo.

Passei a tarde matutando qual roupa vestir. Jantaríamos em casa, então, não poderia ser nada muito elaborado. Por outro lado, eu precisava estar apresentável, bonita, sensual. Experimentei uma infinidade de modelitos, nenhum deles me convenceu. Comecei a ficar desesperada.

Resolvi parar o tira e põe de roupas; dar um intervalo. Durante a pausa, preparei uma mesa com queijos. Deixei as taças à mão. Arrumei algumas velas em locais estratégicos. Tudo preparado.

Voltei à caça da roupa perfeita. O desespero bateu quando olhei para o relógio. Passava das oito da noite.

Observei desolada a quantidade de peças de roupas espalhadas por todos os cantos. Eu me vi somente de lingerie refletida no espelho. Então, tive uma ideia que julguei sensacional: estava decidido o que eu usaria, ou melhor, o que eu *não* usaria.

Abri uma caixa, onde eu guardava todos os tipos de colares de pérolas. Pérolas pequenas, médias, grandes, tons variados. Um monte de bugigangas que eu não usava havia bastante tempo.

Fiz uma combinação com tamanhos diferentes de colar. Alguns, até a altura dos seios, outros, um pouco abaixo. Alguns justos ao pescoço. Vários.

Para os pés, escolhi scarpins altíssimos na cor nude. Os sapatos e as pérolas pareciam da mesmíssima cor.

Passei um batom cor de sangue e muito rímel.

Tirei a lingerie e pronto: sapatos altos, colar de pérola, batom, rímel e mais nada!

Estava conferindo o efeito final no espelho quando o interfone tocou.

Era ele!

Comecei a tremer por inteiro.

Controlei a respiração, corri, apertei o "play" do aparelho de som e deixei tocar uma seleção de músicas dos anos 1980 que eu adorava e que me pareceu combinar perfeitamente com aquela nostalgia toda. Nós havíamos entrado na faculdade em 1992, quando eu tinha dezoito anos. As músicas da época ainda me agradavam.

Quantos anos o Gabriel teria?

Sei lá, eu nunca havia trocado mais do que meia dúzia de palavras com ele antes. A primeira vez em que realmente conversamos havia sido no estacionamento.

E, mesmo lá, verdade seja dita, a maior parte do tempo que havíamos passado juntos tinha sido dedicada ao pênis dele. Imagine eu interrompendo a chupada com a pergunta: "a propósito, quantos anos você tem mesmo?"

Bom, já, já eu descobriria isso e outras coisas sobre aquele quase desconhecido que, àquela altura, já deveria estar no elevador.

Fui até a porta e deixei apenas uma pequena fresta aberta.

Fiquei ali nua, de corpo e alma, esperando-o passar por aquela porta e me proporcionar o que, na minha opinião, há de mais extraordinariamente perturbador e, ao mesmo tempo, libertador: paixão e sexo.

Eu só estava a uns poucos metros da porta. Atrás de mim, o corredor que levava aos quartos. O meu, localizado no fim do corredor, estava esperando por nós.

Olhei ao redor da sala: cortinas fechadas, velas, música e uma mulher nua.

Cenário perfeito!

A noite prometia muito desejo, sexo, êxtase, quem sabe palavras de adeus e a certeza de que ele deixaria saudades. Eu só não previa que, também, sobrariam lágrimas.

A noite nem havia começado e uma tristeza, por saber do seu fim certo, me fez cair melancólica diante da efemeridade da vida e de cada momento. Nada nos pertence de fato. Tudo pertence ao passado. Mesmo as lembranças mais vívidas um dia se transformarão em um simples sopro dentro de nós. E isso dói, machuca!

Toda a melancolia e dor, pelas quais eu imaginava que haveria de sofrer, desapareceram quando ouvi a porta do elevador se abrir.

Meu corpo inteiro se arrepiou.

Ele foi empurrando a porta bem devagar, como se tentasse descobrir o que havia por trás. Talvez ele estivesse apenas apreciando o momento, como se estivesse abrindo um presente, controlando a emoção e a expectativa para ver o que havia dentro.

Quando a porta estava suficientemente aberta para que ele pudesse me ver, ele não falou nada. Acho que não conseguiu.

O Gabriel havia trazido flores e vinho. Ele segurou os dois presentes com uma das mãos. Então, deu um passo para frente e fechou a porta atrás de si, sem desviar o olhar de mim.

Olhou fixamente nos meus olhos e, depois, foi descendo bem devagar, passando pela boca desenhada em vermelho, depois pelo conjunto de colares de pérolas, percorreu o corpo nu até alcançar os sapatos.

Os olhos fizeram o caminho de volta e, novamente, encontraram-se com os meus.

Ele olhou para os lados e fez um reconhecimento do ambiente. Andou até um amparador sobre o qual colocou as flores e o vinho.

Quando novamente ficou de frente para mim, pude ver no seu olhar: havia felicidade. Felicidade por estar ali comigo.

Essa movimentação e sensações não demoraram mais do que alguns poucos segundos. Ele já estava caminhando com passos rápidos em minha direção.

Tive um frisson!

Ele me agarrou pelos cabelos e me beijou. Foi um beijo feroz. Sua boca tinha pressa, ele beijou meus seios e continuou descendo até ficar de joelhos. Afastou um pouco as minhas pernas e retribuiu, com vontade, o carinho que eu havia lhe dispensado no carro.

Deixei que ele me saciasse, então, o levantei. Nós nos olhamos com desejo e, novamente, havia ternura no meu coração. Dei um passo para trás, fiquei de costas para ele e segui pelo corredor em direção ao quarto. Caminhei com molejo sensual, sem deixar o quadril quebrar grosseiramente para os lados. Apenas um leve e sinuoso balanço das curvas do corpo. Ele ficou paralisado, apreciando minha caminhada solitária. Sem olhar para trás, levantei sutilmente a mão direita e fiz um movimento de chamado com os dedos, ordenando que ele me seguisse. Ele obedeceu.

Prazer, prazer, prazer! Nós não conseguíamos parar de nos beijar, abraçar, morder, chupar, cheirar. Foi uma entrega alucinada!

Fizemos um intervalo. Abrimos o vinho, brindamos ao nosso reencontro. Estávamos famintos, e bebemos e comemos muito queijo.

Voltamos para cama e nos amamos mais uma vez. Nós nos devoramos ferozmente, como se estivesse sendo a primeira vez da noite. Depois, adormecemos.

O dia amanheceu. Nós continuamos fazendo amor, comendo e dormindo até a noite do domingo.

Um dia só nosso, esquecemos TV, internet, celular, tudo! Somente um homem, uma mulher e todo o desejo contido desde que nos encontramos no hospital.

Dali nasceu o amor mais extraordinário da minha vida.

Ele se mudou para minha casa.

Dois anos depois, ainda parecia que eu estava vivendo um conto de fadas. Foi o período mais feliz da minha vida. Eu desejei com todas as minhas forças que nosso relacionamento durasse...

O passar dos dias não reduzia nosso desejo, pelo contrário, quanto mais nos amávamos, mais nos queríamos.

Estávamos deliciosamente viciados um no outro. Para nós, sexo não tinha limites, mas, curiosamente, gostávamos de fechar nossas longas sessões de carícias e amor com uma posição bem comum: papai e mamãe. O corpo dele sobre o meu, aquele peso perfeito se movimentando ora com força, ora com delicadeza, nossas bocas molhadas se encontrando, dizendo palavras de amor, de luxúria. Muitas vezes, abríamos os olhos e nos olhávamos fixamente, enquanto o pênis dele penetrava em mim. Nesses momentos, não dizíamos nada. Era só um sentir. Santo Desejo!

Mas aí...

Precisamente depois de dois anos, quatro meses e vinte dias.

Eu me recordo de cada detalhe daquela noite. Era uma sexta-feira, estava chovendo muito, fazia um friozinho moderado. O quarto estava aconchegante. Nós havíamos acabado de fazer amor. Estávamos conversando baixinho, nos acariciando, olhando nos olhos um do outro.

Quando o telefone tocou, cogitamos não atender, mas ambos somos médicos e aquilo estava fora de questão.

Olhei para o relógio no criado-mudo: 23h44. Nem sei explicar a razão, mas tive um mau pressentimento. Eu nunca mais me esquecerei do calafrio que senti e nem daquele horário: 23h44.

O Gabriel esticou o braço e pegou o telefone. Era a irmã dele.

Depois do "alô" dele, fez-se um silêncio. Fiquei apreensiva.

Ele ficou pálido, pegou a minha mão e a segurou com força. Meu coração disparou.

Ele finalizou a ligação com uma frase que só fez aumentar meu pavor.

— Tente se acalmar, eu estou indo pra aí.

Ele recolocou o telefone no criado-mudo.

Os pais dele haviam sido baleados em uma tentativa de assalto. Pelo pouco que ele soube, a mãe havia se assustado e gritado. Os ladrões atiraram nela e no marido. Ambos estavam internados em estado grave.

Tentei controlar o choro. Mas eu tremia tanto que mal consegui controlar as pernas, imagine as lágrimas.

Eu só consegui abraçá-lo. Caramba, o que se pode falar em momentos como esses?

Enquanto eu dirigia na direção do hospital, eu o olhava sempre que possível. O maxilar dele estava travado. O olhar, fixo no nada. Ficamos em silêncio.

Eu me perguntava como aquilo podia ter acontecido. Eu só sabia que os pais haviam tido um jantar com alguns amigos. Era comemoração de aniversário de um deles.

A chuva forte retardou nossa chegada ao hospital.

Quando lá chegamos, a irmã correu na direção dele. Eles se abraçaram. Eu fiquei ali parada, com o meu coração saindo pela boca e sem saber o que fazer.

O pai e a mãe já estavam mortos.

O Gabriel levou as duas mãos à cabeça e chorou sem controle. Eu o abracei.

Era aquele tipo de tragédia que você jamais imagina que acontecerá com sua família, com seus amigos. É aquele tipo de tragédia que você nunca vai superar. É o tipo de horror que vem e muda a vida da gente.

A partir dali, tudo mudou...

Ele e a irmã ficaram inconsoláveis e extremamente revoltados. Ele achou que nós deveríamos nos mudar para os Estados Unidos. "Não dá para viver no meio de tanta violência!", ele repetia.

"Como nós teremos condições de criar os filhos que teremos no meio dessa insegurança louca?"

Foi um dos piores momentos da minha vida. Talvez o pior.

Eu estava mortificada pela dor que ele e sua família estavam sentindo e, agora, aquela decisão: sair do Brasil e nunca mais voltar.

Aquela talvez devesse ser uma decisão simples, mas havia muita coisa envolvida, muitas consequências. A mais visível delas dizia respeito à minha carreira. Para exercer minha profissão nos Estados Unidos, eu teria que adaptar o meu currículo, o que significava ter que voltar a estudar por alguns anos. Para o Gabriel seria fácil, afinal, ele já havia estudado e trabalhado lá.

Deixaria para trás minha família, meus amigos e tudo o que eu havia conquistado.

Por outro lado, como eu poderia abandoná-lo em um momento como aquele? Sem falar que, àquela altura do nosso relacionamento, eu o amava loucamente. Eu o amava mais do que havia amado qualquer outro homem, até mesmo o meu ex-marido.

Tentei fazê-lo mudar de ideia, mas ele estava irredutível. Minha insistência em ficar no Brasil me fazia parecer, diante de mim mesma, insensível ao sofrimento dele.

Ele, também, no esforço contrário, tentava me convencer de que poderíamos ser felizes nos Estados Unidos, que tudo daria certo. Argumentou que eu estaria trabalhando em pouco tempo.

Eu sofri muito. Chorei muito. Tudo aquilo mexeu dramaticamente com a minha vida. Ficou tudo de cabeça para baixo.

Aí veio o golpe definitivo: ele estava decidido, iria independentemente da minha decisão.

Eu fiquei alucinada. Não queria ir, mas não queria deixá-lo.

O clima ficou horrível.

Eu não conseguia pensar com lucidez.

Desabafando com minhas amigas, a opinião delas caminhava na mesma direção quase que em unanimidade.

"Você é louca, abandonar sua carreira pra ir atrás de um homem?"

"Ele só está pensando nele?"

"Até você poder exercer sua profissão, será só despesa. Estudos, manutenção. O que você vai fazer, vai ficar sendo sustentada por ele?"

Algumas poucas recomendavam cautela.

"Pense com cuidado! Você ama esse homem."

Mas foi o meu amigo Fernando quem mais se esforçou para abrir os meus olhos.

"Você sempre será médica, ninguém vai lhe tirar isso. E fazer a complementação de alguns anos de estudo pra trabalhar nos Estados Unidos, qual é o problema?"

Mas eu não conseguia me decidir e o tempo foi passando...

Depois de alguns meses, lá estava ele finalizando os preparativos para ir embora e eu me preparando para sofrer ainda mais depois que ele partisse.

O dia chegou.

Malas sendo ajeitadas no porta-malas do carro, aeroporto, *check-in*, entrada do embarque internacional. A cada passo dado, um pedaço de mim sendo tirado.

Ele, eu e aquela entrada somente para passageiros. Dali em diante, o acesso para as profundezas do aeroporto, rumo ao avião que o levaria para longe de mim.

Minha voz não saía. Eu não consegui articular nada que fizesse muito sentido. Senti tanto desespero que pareceu que eu ia morrer sufocada.

Eu sabia que não importava qual decisão eu tomasse, eu haveria de sofrer de qualquer maneira, indo ou ficando. Optei pelo o que me pareceu mais racional e, agora, estava ali, vivendo as consequências.

Ele levou as duas mãos ao rosto, tentando esconder a dor e o choro. Eu o abracei e ele retribuiu. Tive vontade de morrer.

— Eu amo você! – Foi só o que consegui falar.

Com a voz embargada, ele respondeu baixinho:

— Eu também amo você! Vou te esperar!

Coloquei minhas mãos nos lábios dele, não queria ouvir mais nada.

Nós nos abraçamos novamente, mas não demorou e ele foi afastando o corpo devagar.

— Vou te esperar.

O Gabriel mostrou o ticket de embarque para o funcionário. Olhou para trás, e mexeu os lábios dizendo, mais uma vez, que me amava. Depois, baixou a cabeça e sumiu da minha vista.

Eu olhei em volta, sentindo-me tonta. Tinha um buraco no lugar do estômago. Sequei o rosto e caminhei o mais rápido que pude para fugir do aeroporto.

Dois meses tinham se passado, nós nos falávamos praticamente todos os dias. O sofrimento e a saudade só aumentavam, machucando mais e mais.

No entanto, lá pelo quarto mês de separação, os nossos contatos começaram a espaçar. E aí... aí o bicho pegou! Enquanto nos falávamos todos os dias, eu sentia certo conforto. Mas, a partir dali, o que seria?

Ele refazendo a vida sem mim!

Essa era a única resposta que meu coração tinha para aquela pergunta.

Então, naqueles dias, eu só sentia saudade e arrependimento. Uma confusão mental tomou conta de mim. Eu tinha vontade de ir ao encontro dele, mas uma dúvida que me corroía: será que ele e eu ainda seriamos as mesmas pessoas? Nosso amor ainda era o mesmo? Nosso desejo?

Eu nunca senti tanto desespero, tanta angústia!

Quando eu entrava no carro, onde havia acontecido o nosso primeiro beijo, meu coração doía tanto que eu simplesmente não conseguia controlar o choro. Para dizer a verdade, eu havia desistido de tentar. Então, chorava e chorava.

Se meu carro falasse, provavelmente me diria que eu havia sido uma tola. Eu não havia considerado coisas simples. Simples como muitas coisas na vida deveriam ser. Coloquei tudo o que eu mais desejei em risco, indo contra mim mesma. Eu, que sempre valorizei relacionamentos intensos, em que ambos assumem múltiplos papéis – amantes, companheiros, amigos, cúmplices – havia errado. Errei porque me esqueci desses fundamentos. De verdade, não fui a amiga de que ele precisava naquele momento tão difícil da sua vida. Eu nem sequer havia sido sincera comigo mesma.

A vida era escolha e eu havia escolhido errado.

Eu tremia só de pensar que ele diria não caso eu telefonasse para contar sobre o meu arrependimento e decidisse me juntar a ele. Eu tinha tanto medo do que poderia ouvir que também parei de ligar.

Um dia, almoçando com minhas amigas, elas bem que tentaram, do jeito delas, me animar.

— Está vendo? Você está superando!

— Ainda bem que você pensou bem e não agiu como louca, saindo pelo mundo atrás de um homem.

Eu me irritei com aquela falação.

— Eu tenho apenas uma pergunta pra fazer: em algum momento vocês vão me perguntar se eu estou feliz?

Pedi para Margareth pagar a minha parte da conta que eu acertaria com ela depois. Então, saí.

No dia seguinte, amanheci doente. O sofrimento fez meu sistema imunológico descer ladeira abaixo, e eu tive infecção na urina, candidíase, sinusite e uma virose que quase me matou de tanta febre e náusea.

Fernando foi me visitar. Em vez de flores, chocolates ou qualquer mimo, ele me levou outro presente bem mais valioso: lucidez.

— O que você está fazendo da sua vida? Vá atrás do seu homem!

Fiquei calada, e ele viu a tristeza nos meus olhos e amoleceu um pouco. Usando todo o seu charme de gay, sorriu e falou:

— Só te digo uma coisa, se eu tivesse um homem que me fizesse virar os olhinhos toda noite, minha filha, eu não desgrudava dele um só segundo.

Sorrimos e ele me abraçou.

Quando foi embora, o Fernando me deixou mais do que sua amizade e carinho. Ele me ajudou a tomar a decisão que eu queria ter tomado desde o princípio, mas havia me acovardado. Sim, não tive coragem de seguir meus instintos. Preferi valorizar chavões como "empoderamento feminino", sem saber ao certo o que aquilo significava para mim. O que haveria de errado em querer ser feliz ao lado de um homem, mesmo que para isso eu precisasse retroceder alguns anos na minha carreira? O que haveria de errado nisso, mesmo que depois, um dia, eu me arrependesse?

Jesus, que sofrimento!

Quanta idiotice! Em que tipo, não de mulher, mas de ser humano eu havia me transformado?

Soube no delírio daqueles dias, em que ardia em febre, que eu não era e não queria ser nada sem o amor daquele homem.

Ali estava o meu verdadeiro empoderamento: fazer minhas próprias escolhas, ter coragem de decidir e viver de acordo com aquilo que me fazia sentir viva, mulher de verdade e feliz.

Estava decidido, assim que eu estivesse me sentindo melhor, superado todas as doenças: cistite, sinusite e viroses, eu ligaria para o meu homem e tomaria todas as providências para ir ao encontro dele.

Mas meu plano foi atropelado por um acontecimento.

Vinte e dois dias haviam se passado desde nosso último contato - vejam que loucura, vinte e dois longos dias sem falar com ele -, quando recebi uma encomenda. Um Fedex vindo dos Estados Unidos. Fiquei olhando a caixa por alguns segundos, encarando o nome do remetente.

Quase morri de tanta saudade. Abracei o embrulho. Depois, abri com pressa.

Dentro, encontrei dois envelopes. Abri o primeiro. Tinha um cartão com apenas duas linhas:

Venha para ser minha para sempre. Mas, se preferir, podemos começar apenas com uma semana.

Eu amo você! Eu desejo você! Eu quero você!

Chorando, li e reli as frases.

Aquele era o meu Gabriel: direto!

Aliás, como os homens são sucintos!

Peguei o segundo envelope. Eu estava tremendo tanto que precisei me controlar.

Abri.

Dentro, havia apenas uma passagem. Era o Gabriel sendo Gabriel. Ele não esperou a minha resposta, comprou a passagem com data marcada para dali a quinze dias.

Fechei os olhos e chorei mais ainda: alívio e felicidade. Ali estava a minha chance de recomeçar!

Duas semanas depois, peguei meus colares de pérolas, meus sapatos nude e embarquei.

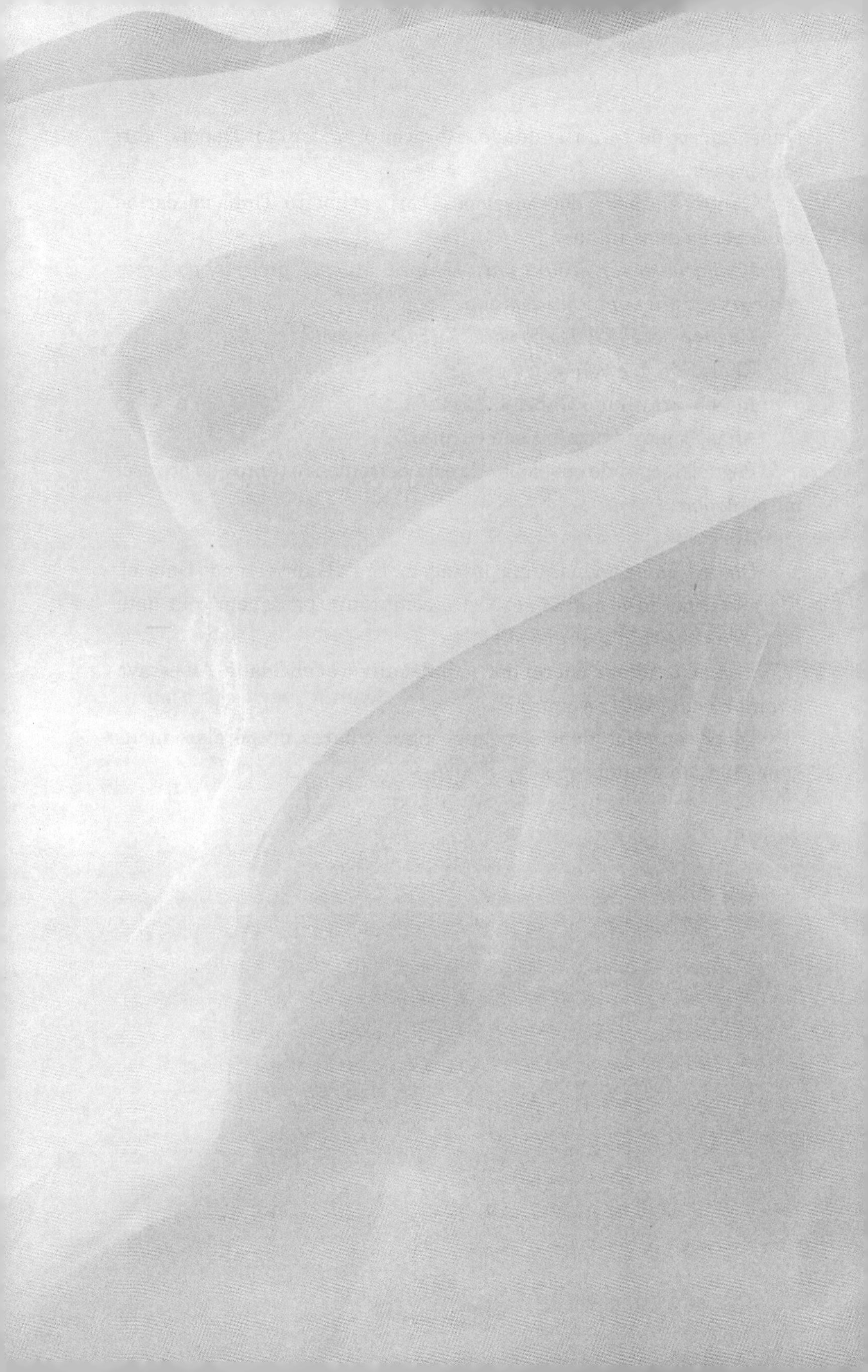

INSCRIÇÕES ABERTAS

A IDEIA ME PARECEU BRILHANTE: UM CURSO DE mulher.

Só cheguei à conclusão de que muitos homens precisavam de conhecimentos básicos sobre a anatomia do corpo feminino e requisitos mínimos para uma relação sexual *caliente* depois de muito penar. Tudo porque alguns amantes que passaram pela minha cama revelaram uma incompetência extraordinária.

Mas, no mesmo instante em que defendi esse programa de aprendizado, me veio um lampejo de pessimismo: arrisco dizer que, para alguns desajeitados, mesmo depois de um intensivo no curso de mulher, não haveria salvação.

De toda forma, esquecendo os casos perdidos, imaginem a contribuição que tais ensinamentos poderiam trazer!

Homens teriam aulas valiosas para torná-los verdadeiros especialistas em assuntos carnais.

Eu havia pensado até nos detalhes. Um deles tratava do sigilo. Sim, os alunos que preferissem manter suas identidades em sigilo poderiam contar com a discrição dos organizadores do curso.

Era fácil perceber que muitos ficariam constrangidos, se pessoas do seu relacionamento descobrissem que eles precisaram recorrer à sala de aula para dominar um assunto que deveria ser tão simples quanto respirar.

Ao fim do curso, os alunos que fossem, obviamente, aprovados, estariam aptos a:

Conhecer detalhes da vagina e suas reentrâncias, seios e demais áreas potencialmente prazerosas.

Utilização dos três elementos: boca, dedos e pênis, incluindo aulas específicas indicando o uso simultâneo desses instrumentos de prazer, como, por exemplo, carícias vaginais empregando boca e dedos ao mesmo tempo.

Língua: variações dos movimentos e pressão da língua sobre vagina, seios e nuca, entre outros.

Penetração: instruções das possíveis variações de intensidade, ritmo, duração mínima, incluindo dicas para alternância da penetração com pausas para carícias, beijos, abraços apertados, entre outros. O aluno perceberá que, mediante essas pausas, o ato final, gozo, levará mais tempo para chegar às vias de fato. Batizaremos tais intervalos de "pausas profanas". O céu é o limite para a criatividade e luxúria que poderão ser utilizadas nesses momentos.

Um item importante incluído no programa de aprendizado foi "Lidando com infortúnios graves!":

– SOS: plano de ação para o indivíduo que, durante a relação sexual, por quaisquer motivos alheios à sua vontade, vier a brochar. Tal plano permitirá que ele não fique completamente mal na foto e, acima de tudo, que sua mulher não fique inteiramente no vazio. Tenho certeza de que vocês me entendem...

– Pênis tamanho mini e mini-mini: gente, acontece! Se não dá para brigar com a natureza, alie-se a ela. O curso capacitará os pobres diabos portadores de mini e mini-mini a usar outros recursos que a natureza não lhes tirou. Bem treinados, os machos mini e mini-mini sairão dos encontros amorosos com ótima reputação.

O curso incluiria dicas importantes de "semancol" necessárias àqueles machos que se esquecem de alguns princípios básicos em uma relação sexual:

– A mulher tem que ter tido pelo menos um orgasmo antes que ele chegue aos finalmentes!

– Outra dica imprescindível: a relação sexual vai além do ato propriamente dito. Em outras palavras, ainda que ambos estejam esgotados depois do gozo, ele não deve, sob nenhuma hipótese, virar para o lado e roncar como um suíno imediatamente. É necessário que algumas carícias, abraços, beijos, palavras doces – incluir elogios é recomendável – encerrem o momento sublime. Pode ser breve, mas não se deve abrir mão de tal desfecho!

Esses e muitos outros ensinamentos importantes capacitariam nossos machos para fazer da relação sexual o império do prazer para ambos.

Sei que quando o assunto é amor e sexo, nós, mulheres, nem sempre tomamos atitudes coerentes. Quantas vezes ouvimos coisas como: "não sei o que eu vi naquele traste, nem me comer direito ele comia"?

Nesse caso, o sujeito bem capacitado ainda poderia ser chamado de traste, mas jamais levaria fama de amante meia-boca.

Bom, enquanto o curso não acontece, vamos aos fatos.

O namorado da minha amiga Ritinha pediu para que ela apresentasse uma amiga para um primo dele que havia se separado. Luís Luciano – aliás, que nome com combinação miserável! Eu nunca tinha visto desgraceira maior em matéria de homenagem aos avôs. Foi justamente ele o incompetente que deu origem à série de desqualificados que eu, não sem lamentar, conheci nos últimos tempos.

Como vocês podem imaginar, os dias que antecederam o encontro com Luís Luciano foram um frenesi só.

Como ele era?

Quantos anos tinha?

Fazia o que da vida?

Tinha filhos?

Há quanto tempo estava separado?

Tinha uma foto dele?

Sim, Ritinha tinha foto obtida nas redes sociais.

Fiquei olhando a tela do celular sem dizer nada. Ritinha perguntou com uma mistura de frustração e ansiedade:

— Você não gostou, né?

Sorri.

— Ah, achei meio sem graça. Não dá pra gritar uhuuuu.

— Mas você acha que dá pra encarar?

— Amiga, na seca que eu estou, vamos nessa!

Gargalhamos e começamos a fazer as combinações para o dia "D". Como eu havia achado o sujeito insignificante, não criei expectativas para o encontro, que seria um jantar com a presença de Ritinha e do namorado, que fariam as apresentações.

Naquele sexta-feira, trabalhei até quase 19h30, sem pensar, nem por um segundo, na roupa que vestiria ou ansiosa porque dali a poucas horas iria conhecê-lo.

Melhor para mim!

Quantas vezes eu já havia ficado completamente enlouquecida antes de um primeiro encontro, simplesmente pelo fato de considerar que o sujeito era maravilhoso, inteligente, lindo, isso e aquilo?

Muitas!

Então, o meu estado de espírito naquele dia, muito além de morno, não era para ser lamentado, muito pelo contrário.

Enfim, cheguei em casa, tomei um banho rápido e me vesti.

Olhei no espelho para a última conferida. Mesmo de longe, identifiquei um problema. Eu me aproximei do espelho e, com a palma da mão, puxei o cabelo da testa para trás da cabeça. Dei um grito de horror. Cabelos brancos dominavam a raiz. De orelha a orelha e em maior concentração na altura das têmporas; estava tudo dominado!

Meu Deus, e agora?

Como eu não havia percebido aquilo?

Fiz uma conta rápida; eu havia retocado a raiz havia menos de três semanas.

Aquilo me deixou arrasada.

Não estar muito entusiasmada para conhecer o Luís Luciano, tudo bem, mas com um dedo de raiz branca? Não!

Não, não e não! Tudo tem limite.

Corri e saquei um rímel de dentro do estojo de maquiagem. Peguei o pincel e percebi que estava trêmula. Não era hora para chilique. Mandei brasa na pintura. Depois, remexi a cabeleira preta para lá e para cá; queria me certificar de que não havia nenhum cabelo branco cintilante me dedurando.

Deu certo!

Bom, como deu para perceber, eu já havia usado de tal artifício anteriormente, o diferente eram as circunstâncias: muitas vezes, mesmo sabendo que a raiz precisa de tinta, uso o truque do rímel até que o fim de semana chegue, ocasião em que tenho mais tempo para passar horas no salão. De toda forma, para sair com um possível paquera, mesmo sendo o Luís Luciano, vamos combinar que não dá para ir com a raiz do jeito que estava, né?

Problema resolvido, era só esperar a minha carona.

Ritinha e o namorado passariam em casa para me pegar. Gostei do fato de chegar acompanhada. Apesar de não ter ficado entusiasmada, sempre dá um friozinho na barriga. Convenhamos que esses encontros arranjados podem ser constrangedores, quando não uma verdadeira roubada!

Enfim, chegamos ao restaurante. Luís Luciano já estava lá.

Gente, que homem esquisito!

Juro por Deus, Luís Luciano era tão estranho quanto a combinação do nome.

A foto que Ritinha tinha conseguido era a única que ela havia encontrado no Facebook. Nela, Luís Luciano estava em um local que se assemelhava a um estádio. Era um show noturno. No fundo era possível ver uma banda tocando. Tudo isso para dizer que a foto não indicava com precisão quem era o homem com o qual eu me depararia.

Mas espere aí, vamos esclarecer melhor o que eu quis dizer com "esquisito".

Vamos começar por uma descrição do pretendente. Assim que entramos no restaurante, o avistamos nos esperando no bar. Alto, nem magro nem gordo – eu diria roliço, mas mais para magro –, cabelo castanho médio com um corte que eu não entendi bem o esquema: tinha uma espécie de franja, não era curto nem comprido, nem liso nem enrolado. Ou seja, uma confusão! Olhos miúdos que piscavam muito, acho que o franjão estava incomodando ou ele estava nervoso. Luís

Luciano estava vestido com uma camisa azul e calça jeans. A roupa me pareceu meio grande. Eu me diverti pensando que talvez fosse ele que tivesse diminuído. O fato é que a costura do ombro estava quase no meio do braço. Lá com meus botões, matutei: *será que a ex-mulher, uma irmã, mãe, uma amiga, alguém neste imenso mundo de Deus não poderia dar um toque para ele?*

Fora isso, achei que a calça tinha uma cintura meio alta, mais do que o padrão. Uma coisa meio esquenta coração.

Enfim, a noite estava só começando. Nós nos aproximamos dele.

— Muito prazer, sou o Luís Luciano.

Não me passou despercebido o fato de ele se apresentar com os dois nomes, muito provavelmente achava linda aquela combinação impensável.

Já sentada à frente dele, pude perceber os detalhes. Vou dividir com vocês, porque fiquei encafifada.

Primeiro, ele tinha uma barba meio rala, imaginei que talvez fosse uma tentativa de fazer aquele estilo de barbinha fina, macia, que, aliás, eu gosto muito. O problema é que a barbicha era irregular, em alguns pontos não havia quase nada de pelo, depois vinha um tufo bem mais denso, mas meio bagunçado. Assim como o cabelo e a roupa, a barba não tinha harmonia.

Mas o ponto alto veio quando ele deu um sorriso mais aberto, nem me lembro sobre o que falávamos, só sei que quase caí da cadeira. Um dos dentes da frente, da parte superior, se sobrepunha um pouquinho sobre o dente do lado. Bem no ponto em que eles se encontravam, parecia haver uma cárie. Fiquei na dúvida e a iluminação do restaurante não ajudava muito. A partir de tal suspeita, não consegui mais prestar atenção em nada. Era preciso descobrir toda a verdade sobre aqueles dentes! Então, nem por um segundo, desviei os olhos daquela boca. Enquanto isso, eu sorria e falava qualquer besteirinha só para disfarçar. Eu estava focada na minha investigação, que batizei de “operação cárie”.

Passado algum tempo, foi da Ritinha a ideia de que fôssemos ao banheiro.

Obviamente que a principal razão era a de atender ordens biológicas, mas serviu também para fofocarmos e trocarmos impressões sobre Luís Luciano.

Nem é preciso dizer que não tínhamos a menor ilusão de que os dois que ficaram na mesa não fariam a mesma coisa.

— E então, o que você achou dele?

— Ritinha, para tudo que eu quero descer! Pelo amor de Deus, ele tem uma cárie bem no dente da frente!

— Você enlouqueceu ou está precisando de óculos?

— Trate de prestar atenção, tem um dente meio encavalado no outro, é bem ali!

Ritinha gargalhou.

— Nada a ver! Você não reparou que o Rafael também tem o dente assim?

—Eu, hein! Você acha que eu vou ficar analisando os dentes do seu namorado?

— Bom, o que importa é que ele não tem cárie nenhuma. Sua louca!

Ela continuou rindo e eu, embora ainda meio cabreira, relaxei.

— Ah, tá! É uma coisa de família!

Rimos e eu retornei à artilharia.

— E aquela roupa parecendo que o defunto era maior?

— Aí eu já tenho que concordar com você, ele já deveria ter comprado roupas novas...

— Como assim?

— O Rafael me falou que, mais ou menos uns seis meses atrás, o Luís Luciano fez uma cirurgia de redução de estômago.

Foi a minha vez de gargalhar.

Expliquei que eu, brincando comigo mesma, havia me perguntado se o defunto era maior ou se era ele que havia diminuído.

Ele havia diminuído!

Enfim, tudo mais ou menos explicado.

— Mas você não me respondeu, o que você achou dele?

— Bom, agora que eu sei que ele não tem cárie, acho que é interessante.

Eu estava sendo sincera. O papo dele era inteligente, engraçado e com tiradas muito afiadas. Esquecendo a roupa gigante, a calça cintura esquenta coração e a barba com partes carecas e partes habitadas por pelos rebeldes, acho que tudo bem. Afinal, nada que não pudesse ser resolvido.

Dali a duas semanas, eu estava na cama dele.

Carinhoso, beijos longos e gostosos, abraços apertados, língua deslizando pelos meus seios...

Entre um beijo e outro, elogios à beleza e textura da minha pele negra e macia, à minha boca carnuda.

Tudo indo bem...

Com uma das mãos ele afagou as minhas coxas, depois as afastou com um movimento firme.

Meu tesão aumentou.

Ele correu a mão por toda a minha vagina molhada e parou quando chegou ao clitóris. Então, com dois dedos, ele começou a fazer uma pressão e movimentos rápidos. No início, eu apreciei, mas depois a intensidade do movimento ganhou velocidade de cruzeiro e, em vez de prazer, senti uma ardência infernal. Sem falar que em alguns momentos ele puxava o clitóris, parecia que ia arrancar. *Jesus! Será que ele pensa que é de borracha?*

Ele gemia de prazer, e eu, de desespero!

Então, disse que estava incomodando, que ele deveria ser menos selvagem. Eu disse isso sorrindo, mas Luís Luciano ficou constrangido, desculpou-se e disse que tomaria mais cuidado. Ele disse ainda que estava enlouquecido de tesão e por isso estava se excedendo. Continuamos com beijos e carícias. Mais uma vez, a mão buscou meu clitóris. Mais uma vez, com o mesmo movimento frenético.

Resumo da história: mais da metade da noite ele passou sacudindo meu clitóris de lá para cá. Inúmeras vezes eu o interrompi. Passamos para os finalmentes e eu agradeci por isso. Mesmo no dia seguinte, meu clitóris ainda estava pegando fogo e inchado. Inchado a ponto de se projetar além das fronteiras dos grandes lábios. Por vários dias consecutivos, tive a sensação de que o pobre coitado estava vibrando.

Como desgraça pouca é bobagem, fiquei menstruada. Não consegui nem sequer usar um absorvente externo, tive que recorrer a um interno.

Fiquei curiosa para saber se o desempenho do Luís Luciano era o mesmo com outras mulheres, especialmente com a ex-mulher.

Jesus, como ela conseguiu ficar casada com o destruidor de clitóris?

Dois dias depois, ele me convidou para viajar com ele no carnaval. Tive um arrepio só de pensar. Quase uma semana inteira?! Eu certamente voltaria sem o meu querido clitóris. Declinei não só da viagem, como também de sair outras vezes. De verdade, fiquei com muito medo de arriscar.

Como vocês veem, o Luís Luciano está 100% indicado para integrar uma turma do curso de mulher.

E não só ele!

O Fred, que o sucedeu, embora com outros tipos de déficit de conhecimento de mulher, também deveria se sentar em uma cadeira do curso.

Vou poupá-las de informações e detalhes irrelevantes, como, por exemplo, onde eu o conheci e como chegamos à cama. O que realmente interessa é o que aconteceu lá, entre aquelas quatro paredes.

Primeiro, ele não sabia beijar direito. Beijo rápido, com a língua que entrava e saía da minha boca enquanto ele acariciava os meus cabelos, muitas vezes os puxando na altura da nuca. Ah, quase me esqueci, durante esses beijos meia-boca, o Fred ficava em uma "gemeção" danada e com a respiração superofegante.

Para dizer a verdade, cheguei a pensar que ele estivesse se sentindo mal e precisasse de uma bombinha de oxigênio.

Entre uma entrada e saída da língua dele da minha boca, ele apertava meus seios e meu glúteo. Via-se nitidamente que o sujeito não levava o menor jeito para coisa.

As carícias preliminares não tomaram muito do nosso tempo. Ele colocou a camisinha e eu intuí que o negócio todo seria concluído em poucos minutos.

E lá fomos nós.

Eu esticada na cama, ele se encaixou em mim, mas ficou com o tronco ereto.

— Deixe que agora é com o papai. — Essas foram as palavras dele assim que o pênis mediano entrou inteiramente.

Deitada, pude ver muito bem a expressão dele enquanto o vaivém dentro de mim acontecia.

Os olhos estavam meio entreabertos e a "gemeção" em forma de grunhido deu lugar a uma cantarola cadenciada: hã, hã, hã, hã, hã, hã, hã, hã, hã, hã, hã, hã, hã, hã, hã, hã, hã, hã, hã, hã, hã, hã, hã, hã, hã, hã, hã, hã, hã.

A cada "hã" os gemidos ganhavam mais decibéis, indicando que ele estava chegando às vias de fato. Chegou!

Tentem contar a quantidade de "hãs" acima e vocês saberão quanto tempo durou a cavalgada dele.

Ele me deu um beijo na boca, um selinho, se deitou ao meu lado e, por alguns segundos, ainda teve a respiração ofegante, os gemidos desapareceram imediatamente. Depois se levantou e foi até o banheiro. Quando voltou, foi a minha vez de ter uma ducha rápida.

Eu me olhei no espelho e tive vontade de gargalhar enquanto pensava: deixe que agora é com a mamãe. Era hora de tirar o meu time de campo. Quando eu voltei ao quarto, o ligeirinho estava dormindo.

Fiquei olhando para aquele corpo nu, parecendo um ser morto. Mas não era preciso me preocupar: ele estava vivinho da silva, o ronco não deixava dúvida.

Perfeito!

Peguei as minhas coisas e fui dormir na minha casa, na melhor companhia que eu poderia ter naquele fim de noite: a minha.

O Fred fez o Luís Luciano parecer um expert em mulher!

Pensando bem, acho que o Fred era um daqueles casos perdidos que, mesmo com o intensivão, não teriam salvação.

A rima não foi intencional!

Se alguém ainda tem alguma dúvida de que existe muito homem por aí precisando de um curso de mulher, vou dividir só mais um acontecimento.

Por aqueles dias, eu estava trocando de carro.

Negociação do valor dos opcionais, escolha da cor, simulação das parcelas de financiamento, assuntos e mais assuntos que demandaram muitas horas de conversa com o funcionário da loja.

O vendedor era um bonitão de olhos claros. Um pouquinho acima do peso, mas nada que eu não suportasse muito bem deitado sobre mim.

Era nítido que ele estava jogando toneladas de charme e eu me fazendo de desentendida, mas não menos oferecida.

Tudo aprovado, carro faturado, era só esperar a chegada do meu presentinho tão suado e pago em não tão suaves parcelas ao longo de três anos.

No dia da entrega, fui trabalhar o mais elegante possível. Podem acreditar: tudo em nome do carro zerinho, nada a ver com o Maurício. Ah, o nome dele era Maurício.

— Parabéns, Renata, pelo carro novo! Já pedi pra trazerem.

Enquanto o carro não vinha, ficamos ali jogando conversa fora, naquela que seria a última vez que eu iria à loja. E ele sabia disso tanto quanto eu. Resumo: *it is now or never, baby.*

— Bom, precisamos comemorar. Não é todo dia que se compra um carro novo!

É claro que eu concordei imediatamente. Combinamos de nos falar nos dias seguintes.

Na despedida, ganhei um abraço superapertado e cheio de más, ops, de boas intenções.

Nós conversamos por telefone em várias ocasiões, mas sempre surgia um impedimento para um ou para outro, de forma que o tempo foi passando e nada de sairmos.

Um dia deu certo.

Não tínhamos combinado previamente. Sabe aquelas coisas que simplesmente dão certo?

Eu estava saindo da empresa quando ele me ligou, perguntando se podíamos tomar um café.

— Sim!

Marcamos em um local perto da minha casa. Decidi deixar o carro em casa e ir a pé encontrá-lo.

O café terminou na minha casa, afinal, ainda era cedo e havíamos "cansado" de ficar no local em que estávamos.

Depois de mais ou menos meia hora de bate-papo, ele disse que ia embora. Foi naquele exato momento que tudo aconteceu.

Demos um beijo de despedida no rosto, que veio seguindo de um beijo na boca. Daí em diante, ele me abraçou com força e não parou mais.

Acontece que tinha uma coisa estranha com a língua dele. Nos meus mais de trinta anos de experiência – considerando que minha iniciação no mundo dos beijos começou aos 13 –, eu jamais havia conhecido uma língua como aquela. Era meio grossa, como se tivesse escamas. Eu não sei como descrever, mas a língua parecia uma lixa.

Precisei me controlar para não dar risada, porque a primeira coisa que me veio à cabeça foi que aquela língua estava fazendo um *peeling* na minha boca, imaginei o que não faria na minha vagina!

Ele puxou a minha blusa e sua boca saltou com volúpia para os meus seios, sempre sugando com força, muita força. Tudo nele era intenso, bem intenso, mas não chegava a machucar.

Ele me jogou no sofá sem reduzir a energia com a qual me pegava e me tocava. Depois segurou a minha mão, fazendo com que eu tocasse seu pênis. Eu queria mesmo sentir o potencial.

Outra novidade se apresentou: eu nunca tinha visto nada igual!

Um pinto grande, acima da média. Entendam bem, era grande, não gigante. Mas faltava entroncamento àquele pinto, o diâmetro não era compatível com o tamanho, era mais fino do que o padrão. O problema, talvez, fosse que um pênis grande como aquele merecia ser mais grosso.

Enfim, superada a equação tamanho x largura, havia um detalhe que não podia ser desprezado: a rigidez! Gente, eu não consegui entender e até hoje não me conformo: como um pinto tão grande poderia se manter em pé mesmo não sendo extremamente duro?

O pinto do Maurício era firme, mas macio. Quando eu apertei, senti os meus dedos afundarem.

Uma espuma de colchão talvez fosse uma boa imagem para ilustrar. A espuma pode até ser bem firme, mas, se você apertar, ela cederá com a pressão da sua mão. Assim era o pinto do Maurício.

Fiquei imaginando como aquele pênis teria força para dar conta da penetração. Aquilo me pareceu surreal.

Preferi ficar por ali, nada de pacote completo com ele. Eu, hein!

Disfarcei e disse que já estava tarde. Era melhor ele ir embora. Ele insistiu em ficar, tentou me beijar mais uma vez, mas eu já havia tomado a decisão.

Já recompostos, roupas no lugar e cabelo ajeitado, ele soltou uma pérola.

— Nossa, que loucura! Não sei como isso pode ter acontecido! Nunca imaginei...

Eu não acreditei! Gargalhei.

— Você só pode estar de brincadeira, né? Você nunca quis isso? Nunca imaginou que pudéssemos ficar juntos? Tem certeza?

E ele com a cara mais lavada do mundo.

— Nossa! Não!

— Nem um beijo na boca? Nada?

— De jeito nenhum!

Eu não tive vontade de prolongar aquela conversinha chata.

Que papo mais fraquinho para um homem!

Não sei vocês, mas eu não suporto homem bobo com papo rasinho. *Ainda bem que eu não dei para esse sonso!*, pensei com alívio.

Ele foi embora e, quando eu achava que a noite não me reservava mais nenhuma surpresa, uma mensagem fechou com chave de ouro.

Passados uns poucos minutos, recebi a seguinte mensagem no WhatsApp: "Você é uma delícia, quando quiser mais uma visitinha é só me chamar novamente que eu venho rsrs".

Ele deve ter escrito aquela babaquice enquanto ainda estava no elevador. Li mais uma vez só para me certificar de que eu havia entendido tudo certinho. A mensagem eu havia entendido, só não estava claro o que ele quis dizer com ela.

Alguém que lesse aquilo teria algumas certezas:

Maurício era meu fornecedor de sexo.

Eu o havia chamado para a minha casa para transar.

Nós havíamos transado.

O serviço era delivery: "é só chamar".

Aquilo era demais até para mim, que normalmente não levo as coisas tão a sério.

Passados alguns dias, o sonso me ligou querendo saber se estava tudo bem, já que eu não havia respondido à mensagem.

Fui clara, disse que achei a mensagem de muito mau gosto e expliquei o porquê. Ele se desculpou, falou que não tivera a intenção de ser grosseiro e blá-blá-blá. Respondi que tudo bem, aquela história já era passado.

Segui a vida.

Acreditem ou não, passadas algumas semanas, recebi a seguinte mensagem: "Estava pensando em uma visitinha..."

Valha-me Deus!

Por favor, me respondam com toda sinceridade: o sujeito precisa ou não de um curso de mulher?

ÁLIBI

ANTES DE FALAR SOBRE A MINHA PRÓPRIA TRAIÇÃO, eu gostaria de fazer uma pausa para refletir sobre as traições alheias.

Por que uma mulher trai?

Não acredito que haja uma resposta objetiva, simples ou definitiva.

Já os homens, embora eu não seja especialista no assunto, arriscaria dizer que com apenas cinco palavras seja possível explicar o porquê de a maioria deles trair: simplesmente porque eles são homens!

Machista? Simplista?

Pode até ser, mas certamente é bem realista.

Mas voltemos à pergunta inicial: por que uma mulher trai?

Bom, mulher é bicho complexo! Mas, vamos lá, vamos nos aventurar em especulações.

Ela pode estar carente, ou mesmo se sentindo solitária e desprezada, ainda que o marido esteja ao seu lado.

Seus desejos podem não estar sendo totalmente atendidos.

O entusiasmo do marido é com a própria carreira. Sexo? Zero, pelo menos com a esposa...

Ela descobre que ele tem uma amante.

Sexo somente quando ele quer e, muitas vezes, sem a menor preocupação em lhe dar prazer.

O desejo por ele sumiu. Não dá nem para acreditar que um dia existiu!

Ela está perdidamente apaixonada por outro.

Ou não se trata de paixão, mas, sim, de um tesão incontrolável e recíproco.

Luxúria: ela tem fantasias com outro homem.

Ela é uma grandessíssima safada! Eu sei que é difícil de admitir, mas não podemos nos enganar. Existem, sim, mulheres libertinas. Essas perversas curtem, e muito, uma puladinha de cerca. Se elas têm maridos maravilhosos, isso é só um detalhe. O negócio delas é "diversificar".

Nenhuma das razões anteriores. Ela simplesmente não suporta mais o marido.

Quanto a mim, juro que eu posso explicar a minha traição, motivos não me faltaram. Haverá quem diga que nenhum deles é convincente, que são apenas desculpas. Mas quem me condenar, o fará porque não estava no meu lugar vivendo o que eu vivi, sofrendo o que eu sofri.

Seja lá como for, não era para ser assim...

Quando nossa história começou, nada sugeria uma infidelidade, ao contrário, nosso relacionamento começou com muito amor. Prometia ser um lindo conto de fadas!

Era uma vez uma menina chamada Adriana. Filha única, morava com os pais em um pequeno sobrado localizado em uma rua bucólica e sem saída, cravada no meio da Vila Olímpia em São Paulo. Na viela havia apenas dezesseis casas, todas elas antigas.

A menina só saía da vilinha – como todos chamavam a viela – para ir à escola. Não havia motivo para ir além. Na rua moravam muitas crianças e não poderia existir melhor lugar para brincar e se divertir do que na segurança da vilinha. Quando cresceu, ela trabalhou em algumas empresas, mas, depois da faculdade, passou a trabalhar em casa. Contratada por editoras, fazia revisão gramatical de textos e traduções da língua inglesa.

Dito isso, vocês veem que eu sempre tive uma vida humilde e feliz. Namorados? Sim, claro, mas nenhum que me empolgasse. Alguns bons de cama e sem nenhum charme intelectual. Outros, interessantes e inteligentes, mas fracotes nos assuntos sexuais.

Para mim era só uma questão de tempo, mais cedo ou mais tarde eu encontraria um homem que tivesse um cérebro e um pênis cinco estrelas.

Vocês sabem que existem pessoas que levam muito a sério um princípio: se você tem fé e acredita mesmo que alcançará um determinado sonho ou meta, certamente acontecerá.

Eu fui uma dessas pessoas!

Menos por motivos religiosos, mais por uma questão de determinação: afinal, acreditar é um modo de sobreviver aos solavancos da vida.

O fato era que eu sabia que em algum lugar desta cidade enorme eu haveria de encontrar o meu homem dos sonhos. E a sorte sempre podia dar uma ajudinha.

Foi em um fim de tarde, sem nenhuma pretensão, que vi os primeiros indícios de que meus sonhos se concretizariam.

A cena era de comercial de TV: o sol se pondo, um parque com árvores e gramados bem verdinhos, duas crianças, um homem em sua melhor figura paternal... Os três estavam brincando e sorrindo.

Perfeito!

Só que não!

Eu simplesmente não fazia parte daquela cena. Mas, de imediato, soube que gostaria.

Naquele dia, eu havia me levantado cedo e trabalhado por horas consecutivas. Eu precisava concluir a revisão de um livro. A editora estava aguardando para imprimir o volume. Terminei a tarefa às quatro e meia da tarde. Aí, decidi esticar as pernas no parque.

Sylvester, de Sylvester Stallone, saltou e rodopiou de alegria quando me viu pegar a coleira. Ele havia sido muito solidário comigo, ficando ao meu lado enquanto eu trabalhava. Não arredou a pata nem por um segundo sequer. Ele também merecia alongar suas pernas de vira-lata.

Lá fomos nós.

Já havíamos caminhado uns trinta minutos. Parei para comprar uma água de coco.

Dei um gole grande, depois mais outro. Respirei fundo. Um ventinho leve me tocou o rosto. Senti um arrepio. Não foi uma sensação ruim, apenas diferente. Tive a impressão de que havia sido tocada por algo. Se eu tivesse que resumir em uma única palavra, ela seria "desejo". É como se aquele vento e toda aquela natureza verde ao meu redor tivessem me devorado.

Senti-me excitada. Não, não estou falando necessariamente de sexo, mas, também.

Voltamos a caminhar e uma bola atingiu a cabeça do Sylvester. Ele fez festa e se lançou sobre ela, mas a bola era quase do tamanho dele e deslizou para frente. Duas menininhas, as mesmas da cena de comercial, aproximaram-se e, se deparando com aquele vira-lata fofo, não resistiram e começaram a acariciá-lo. Sylvester retribuiu o carinho, lambendo as mãos delas e abanando o rabo.

O pai se aproximou.

Lembro-me com precisão do vento nas árvores, do cheiro de milho verde que estava sendo vendido em uma barraca, de uma música tocando em algum lugar distante. Tudo isso acontecendo enquanto aquele homem caminhava na direção das filhas. Minha imaginação, contudo, registrou aquele momento como se ele estivesse vindo para mim, e não ao encontro das meninas. Acho que se tivesse uma câmera escondida, ela me flagraria de boca aberta e olhos de donzela apaixonada. Essa é a impressão que eu tenho até hoje.

Sou bem capaz de dizer quantos passos ele deu até estar frente a frente comigo.

Enquanto as crianças e Sylvester se divertiam, o pai e eu nos olhamos sem nada dizer. Estávamos muito ocupados nos avaliando.

O cheiro, os detalhes do corpo, a roupa, o sorriso com um quê de tímido, mas que deixava ver os dentes, o grisalho do cabelo, nada me passou despercebido. Nada!

Augusto não era muito alto, pouca coisa mais do que eu. Aproximadamente 1,75 m. Não era um homem bonito, mas havia algo de muito sensual, sedutor. Talvez fosse a pele bronzeada. Talvez fossem os dentes brancos que se destacavam ou a voz grave. Talvez fosse o cheiro que ele exalava. Quem sabe fosse a idade. Supus que ele era uns dez ou quinze anos mais velho do que eu. Ele parecia ter entre 35 e quarenta anos. Talvez não fosse nada disso. Talvez a soma de tudo isso... A gente fica preocupada, perdendo tempo tentando explicar o que na verdade é autoexplicativo!

A equação era simples: 1 Mulher + 1 Homem = Desejo.

Só isso?

Só isso!

Enquanto as meninas e Sylvester brincavam, fomos nos conhecendo. Ele era separado. As meninas tinham oito e seis anos. Todas as quartas-feiras, mais fins de semana alternados, ele ficava com elas. Então, naquela quarta, ele havia saído um pouco mais cedo da empresa e as levado ao parque do Ibirapuera. Quanto à ex-mulher, ela já tinha feito a fila andar: estava namorando e fazia planos de se casar novamente.

Gostei de tudo o que ouvi: um homem maduro, com a separação já bem resolvida, filhas que aparentemente não haviam sido feridas pela separação dos pais.

Depois da apresentação básica, nós nos juntamos ao trio – meninas e Sylvester. Brincamos como crianças.

Enquanto corríamos atrás da bola ou das meninas, ocasionalmente nossos corpos se tocavam. Bastava para que minha imaginação ganhasse mais do que asas. Em certo momento, disputamos a bola, ele puxando para um lado e eu para o outro. Nossos corpos ficaram tão próximos que pude sentir a respiração dele. Ele me olhou nos olhos e, sem soltar a bola, disse:

— Você sabe que você é linda, não sabe? — Eu sorri e ele continuou: — Você sabe que o seu sorriso é de enlouquecer, não sabe?

Eu aproveitei que ele havia baixado a guarda, puxei a bola e corri depois de arremessá-la para uma das meninas. Olhei para trás e o vi parado sorrindo.

Não demorou e ele se aproximou. Sorriu mais uma vez e disse baixinho no meu ouvido:

— Pode acreditar que eu ainda vou me casar com você!

Então, afastou o rosto e, sorrindo, caminhou na direção das filhas.

— Vamos, meninas, na semana que vem a Adriana trará o Sylvester para brincar novamente com vocês. — Olhou para mim e completou: — Combinado?

Eu, completamente muda, assenti com a cabeça.

Fiquei imóvel observando-os se afastar lentamente. Alguns metros adiante, ele se virou e gritou:

— Eu falei sério!

Fiquei constrangida pelo fato de ele ter me flagrado os observando.

Foi amor à primeira vista!

Eu não dormi naquela noite.

Na semana seguinte, Sylvester e eu nos atrasamos. Quando chegamos, vi a ansiedade nos olhos dele. No mesmo gramado da semana anterior, brincamos como uma família.

Na sexta-feira seguinte, saímos.

Ele me pegou em casa. Eu nunca havia entrado em um carrão como aquele. Descobri depois que custava mais do que o sobrado em que meus pais e eu morávamos. Jantamos em um restaurante que também em nada se assemelhava a nenhum em que eu já tivesse pisado antes.

Durante o jantar, sempre que nossas mãos, braços ou qualquer parte do corpo se tocavam – na maioria das vezes intencionalmente –, uma corrente elétrica parecia ter despejado uma carga de cem mil megawatts sobre mim.

Estávamos tomando o café quando ele perguntou:

— Vamos para minha casa?

Não havia a menor possibilidade de dizer não. Ainda que a razão me aconselhasse a esperar para conhecê-lo melhor, havia uma parte do meu corpo que estava dando as cartas e a ordem que havia sido muito clara: se entregue!

Quando entramos no apartamento, não me contive diante da imensidão e luxo do lugar.

— Você quer mesmo me impressionar, não é?

— Quero. — Eu sorri e ele continuou: — Mas você ainda não viu nada. Já vou dar motivos pra você ficar realmente impressionada.

Dito isso, ele me pegou no colo e me carregou para o quarto. Lá, me empurrou contra a parede, me beijou e, sem cerimônia, levantou minha saia e enfiou dedos hábeis dentro da minha vagina.

Os beijos foram muitos e maravilhosos. Gozei com aqueles dedos se divertindo dentro de mim.

Ele tirou a minha roupa e me deitou na cama.

— Posso amarrar você? — perguntou enquanto beijava meu pescoço. Eu afastei o rosto dele e não disfarcei a ansiedade. — Não se preocupe, não vou apertar. Se você não gostar, é só puxar as mãos.

Com um lenço azul-celeste, ele envolveu meus punhos e os amarrou a uma coluna no meio da cabeceira da cama. Então, se despiu e afastou as minhas pernas o máximo que pôde. Caminhou por toda a minha vagina com a língua. Lambeu e chupou muito! Depois, colocou um travesseiro embaixo do meu quadril, abriu minha vagina com as mãos e enfiou com fúria o pênis dentro de mim. Com as mãos, ora apertava meu quadril, ora acariciava meu clitóris.

O suor dele escorreu pelo rosto, senti as gotas caindo no meu abdômen.

— Que buceta linda! Eu quero meter em você a minha vida inteira.

Ele demorou bastante para gozar e eu adorei. Enquanto ficou dentro de mim, na maior parte do tempo, ele me penetrou com muita força, mas, em alguns momentos, ele colocava e tirava o pau lentamente, sentindo-se engolido por mim. Eu apertava o pênis com força, contraindo o máximo que podia. Ele gemia. Quando minhas pernas se juntavam um pouco, ele tornava a afastá-las no limite. Percebi que ele curtia ver minha vagina recebendo seu pau duro e deliciosamente incansável.

Prestes a gozar, ele tirou o pênis de dentro de mim e disparou seu esperma pelo meu corpo. Espalhou com as mãos. Então, me desamarrou e se deitou sobre mim. Ficamos ligados pelo suor, sêmen e pela certeza de que repetiríamos aquela noite.

Eu havia encontrado o meu homem: trabalhador, inteligente, educado, carinhoso, generoso e dono de um pênis cinco estrelas!

O namoro começou naquele mesmo dia. Para ele não fez diferença a minha pele negra, a condição financeira da minha família, cujo saldo bancário não seria suficiente nem sequer para pagar o condomínio do prédio em que ele morava. Não fez diferença também eu nunca ter viajado. Os limites do meu universo se limitavam à vilinha e a algumas idas para praias do litoral paulista.

Como ele havia profetizado no dia em que conhecemos, nós nos casamos. Foi uma cerimônia simples, com poucos amigos, oito meses depois daquela tarde ensolarada no parque. Resisti com firmeza à insistência dele para que fizéssemos uma festa badalada. O fato é que a riqueza dele não havia me deslumbrado e, embora também não tivesse me constrangido, preferi manter os meus dois pés no chão.

Um ano depois de casados, do homem trabalhador, inteligente, educado, carinhoso, generoso e dono de um pênis cinco estrelas, havia restado apenas o homem trabalhador. O pênis cinco estrelas na verdade ainda existia, mas com certa brutalidade. Era diferente!

Um exemplo talvez seja útil para ilustrar.

Por vezes, ao longo do dia ele dava uma escapada da empresa e ia para casa. Normalmente, ele me encontrava ocupada com meu trabalho para as editoras. Em uma dessas ocasiões, eu estava sentada no escritório, quando ele veio por trás de mim, inclinou o tronco e beijou o meu pescoço enquanto suas mãos, por dentro da minha blusa, alcançavam meus seios. Ele lambeu e chupou deliciosamente meu pescoço. Fiquei inteiramente arrepiada. Ele virou a cadeira e me puxou, fazendo com que eu ficasse sentada na beirada. Então, levantou o meu quadril e puxou a minha calça. Ficou de quatro e chupou meu clitóris por muito tempo. Eu gozei na boca dele. Ele enfiou dois dedos na minha vagina e depois os lambeu. Eu arranquei as roupas dele. Depois, ele me colocou no chão e me penetrou como sempre fazia: firme, quase com desespero, demostrando um vigor inacreditável. O suor escorrendo pelo seu rosto. Gozamos. Ele respirou fundo por alguns segundos e disse, já se levantando:

— Eu preciso ir. — E voltava para empresa.

Se vocês me perguntarem se não era bom, minha resposta sincera: é claro que era bom! Era delicioso, maravilhoso! Havia um encaixe perfeito do nosso corpo. Ele sabia onde e como me tocar. Eu sentia que ele me devorava com mais força e volúpia a cada dia que passava. Mas, muitas vezes, eu não me sentia amada! Acho que vocês conseguem entender...

A maior parte do tempo, eu ficava sozinha no apartamento-mansão. Ele chegava tarde. Nós conversávamos pouco, mas transávamos muito! O pouco tempo que ele passava em casa era dividido entre o celular, algumas horas de sono e ao meu corpo, nessa ordem de importância!

Eu me perguntava: será que ele havia se transformado em um novo Augusto ou eu era uma nova Adriana?

Acho que nem uma coisa nem outra.

Imaginem uma roupa de passeio, aquela que a gente, sempre que tem uma ocasião especial, recorre. Assim aconteceu com o humor e espiritualidade dele. Nos primeiros meses, especialmente durante o nosso namoro, sempre que estávamos juntos, ele se vestia, mentalmente, com seus melhores gestos, modos, reações, palavras... Mas, aos poucos, ele foi perdendo a cerimônia e passou a se vestir com os molambos dos quais eram feitas sua alma e personalidade.

Quanto a mim, eu queria ver nele um homem perfeito, mesmo havendo alguns sinais de que tinha alguma coisa errada.

Acho que o primeiro indício foi a alteração de humor. No começo, era sutil, mas olhos atentos perceberiam certa reação exagerada para situações do cotidiano.

Um garçom que havia feito uma anotação errada – "a água era com gás, seu estúpido!"

Uma fechada no trânsito bastava para que o outro motorista fosse xingado.

O pior era que aqueles simples aborrecimentos tinham o poder de realmente tirá-lo do sério. Nem preciso dizer o constrangimento que eu sentia nessas ocasiões. Ah, um detalhe: curiosamente, se ele tivesse bebido umas doses a mais, sua tolerância se tornava muito mais elástica. Ele parecia mais relaxado.

Já casados, algumas vezes, eu o surpreendi tomando alguns comprimidos. Questionado sobre do que se tratava, ouvi que eram analgésicos para dor de cabeça.

No começo, não me preocupei, até porque na maior parte do tempo ele ainda era o homem que eu havia conhecido no parque.

Mas o bicho começou a pegar mesmo quando as agressões chegaram. Não eram frequentes, mas simplesmente não deveriam existir. Agressões verbais sempre que eu discordava de alguma coisa:

"O que uma pessoa como você, que nunca saiu de uma viela, pode saber sobre isso?"

"Você tem muita sorte e deveria agradecer a Deus por eu ter me casado com você!"

Mas, de uma hora para outra, tudo mudava.

"Meu amor, você é a minha vida!"

"Nós vamos envelhecer juntos, minha princesa!"

Outra coisa esquisita era a rotina que ele seguia à risca: depois de uma semana de trabalho duro, todas as sextas-feiras, lá pelas onze da noite, ele preparava um drinque e bebia com umas bolinhas. Deitava-se e, pouco tempo depois, apagava completamente.

Eu só me dei conta do quão profundo era o sono em que ele mergulhava quando, certa noite, às três da madrugada, acordei aos berros. Pensem em um grito de horror, melhor, de filme de terror!

Tive uma căibra no músculo da coxa que provocou uma dor dilacerante. Eu nunca havia sentido nada igual. Para vocês terem ideia, o músculo ficou dolorido por dias. Mas, voltando ao que interessa, apesar do meu grito, que deve ter acordado o prédio inteiro, o Augusto nem sequer se moveu. Como se não bastasse a dor infernal com o músculo se retorcendo dentro da minha perna, eu tomei um baita susto! Fiquei nervosa olhando aquele corpo imóvel ao meu lado. Pensem na cena, completamente bizarro!

Para piorar, eu sou uma mulher bem dramática. Assim sendo, não havia chance de que o meu primeiro pensamento fosse algo como "ele está apenas dormindo profundamente". Na regra, minha mente sempre pula para os piores cenários.

Jesus, será que ele está morto?

Com a ponta de dois dedos, dei um cutucão nele. Nada!

Novamente, agora mais forte. Nada!

Segurei firme o braço e sacudi. Nada!

Comecei a tremer de dor na perna e de medo.

Pela minha cabeça um filme começou a rodar: primeiro, eu ligando para a emergência sem saber o que falar. O que eu diria?

"Meu marido está aqui deitado morto."

"Meu marido tomou umas bolinhas, não me perguntem o que, e desmaiou."

Talvez fosse melhor dizer apenas: "olha, meu marido não está se mexendo..."

É, seria bem melhor!

O filme trágico continuou sendo rodado na minha cabeça: ele sendo levado para o hospital. Eu ligando para família dele que, apenas para constar, não demonstrava morrer de amores por mim. Por fim, a confirmação: ele está morto! O enterro e eu viúva aos 27 anos!

Jesus, isso não poderia estar acontecendo! Ficar viúva aos 27 é ficar marcada para sempre como viúva-negra!

Tentei raciocinar com calma. Então, me aproximei do rosto dele e percebi que ele estava respirando.

Misericórdia, o que será que esse homem bebeu para dormir desse jeito?, pensei.

Apesar de ter tomado um relaxante muscular, que normalmente me dá sono, passei o resto da noite em claro. Acho que foi por causa do susto.

Durante as horas não dormidas, de vez em quando, eu checava para ver se ele estava mesmo respirando.

Sozinha com meus pensamentos, concluí o óbvio: eu não conhecia realmente o meu marido. Tudo o que eu sabia era superficial e não ia muito além da família dele, da qual ele não era muito próximo. Sabia que ele era um empresário milionário e bem-sucedido. E, é claro, que gostava muito de sexo, era quase uma obsessão!

No dia seguinte, tomei uma decisão: eu iria cavar fundo para descobrir quem era o homem com quem eu havia me casado.

Vocês devem estar dizendo que eu deveria ter feito a lição de casa antes!

Concordo, mas eu estava apaixonada demais e, verdade seja dita, foi uma tentação a qual eu não resisti: pensar que ele era perfeito e que teríamos uma vida de conto de fadas.

Mas, agora, paciência, não ajudaria se eu me ajoelhasse no milho.

Se valia de consolo, antes tarde do que mais tarde!

Descobri que o pai dele, que já descansava debaixo de sete palmos, era igualzinho, inclusive chegava a bater nas esposas. Sim, ele teve algumas: três no total.

O Augusto era uma versão melhorada do pai – o velho era mais agressivo, mas não dava para negar: meu marido era emocionalmente descontrolado e curtia drogas.

Acho que ele me achava careta demais para assumir que era usuário. Eu nem sei dizer se fiquei surpresa, mas o coquetel das sextas-feiras, este sim, deixou-me superencafifada. Então, passei a observar o ritual, desde o começo.

O primeiro passo era a preparação da bebida.

Depois, ele se jogava em uma poltrona confortável e lentamente apreciava metade do copo.

As bolinhas eram ingeridas com a outra metade.

Ele ia para o quarto e, depois de uns minutos, transformava-se no "belo adormecido".

Em duas sextas-feiras, eu o cutuquei, gritei, coloquei música alta, pulei na cama, beijei o corpo dele... Nada! Nenhuma reação.

Achei aquilo muito, muito estranho mesmo!

Quatro semanas depois, combinei com uma amiga de sair para dançar. Enquanto ele dormia, me montei inteira e saí. Voltei às quatro da manhã. O bicho estava lá, inclusive, na mesma posição.

Um espanto!

Eu não achava explicação razoável para aquela situação. Tentei não levar tão a sério, afinal, ninguém é perfeito. Então, segui em frente fingindo que aquilo não era nada do outro mundo: o que poderia haver de tão reprovável em tomar um droguinha para relaxar uma vez por semana?

Por aqueles dias, eu comecei a treinar na academia do clube. Marcava ponto de segunda a sexta-feira, bem cedinho. Foi lá que conheci o Nicolas, já no primeiro dia.

Começou na musculação com ele me pedindo pra revezar o aparelho, daí o papo não parou mais. Ele era atraente, mas eu não estava interessada. Não, muito obrigada!

Minha vida já estava bastante confusa tendo que lidar com um marido para lá de esquisito. De toda forma, gostei de estar sendo paquerada por um moço bonito. Em muitos dias, em que a preguiça queria me dominar, saber que ele estaria na academia me ajudava a sair da cama cedo.

Ele devia ter uns trinta anos, o que significava três a mais do que eu. Eu quase que desaparecia perto dele: 1,60 m contra 1,88 m. Eu, bem esguia, ele, um armário.

Algo naquele homem me fazia bem, acho que era o olhar. Eu me sentia calma na presença dele. Conversar com ele era bom. A gente tinha o mesmo jeito de encarar a vida, de sentir as coisas.

Não preciso dizer que, em poucas semanas, o meu "não estou interessada, muito obrigada!" passou para alguma coisa bem próxima do "decifra-me ou te devoro".

Quem sabe aquele quase estranho fosse capaz de decifrar quem eu realmente era, o que eu estava fazendo casada com o Augusto, o que eu deveria esperar do futuro ao lado dele. Só sei que da Adriana, moradora da viela na Vila Olímpia para a moradora do apartamento-mansão na Vila Nova Conceição, só havia restado o trabalho para as editoras. No mais, a Adriana que eu via todos os dias no espelho definitivamente era uma estranha. Eu não sabia mais nada de mim mesma.

Muitas vezes, cheguei a me perguntar: será que mesmo antes de casar, eu sabia exatamente o que eu devia esperar de mim mesma? Ou seja, eu mergulhei em um drama existencial dos infernos...

Não era uma sensação boa!

Dá para entender por que a companhia daquele homem de olhar doce me fazia bem. O Nicolas me conectava com uma parte de mim, apesar de eu não saber exatamente qual, mas que eu tinha a sensação de ter perdido em algum lugar.

Pensando bem, concluí que mesmo que ele conseguisse desvendar a minha alma, ainda assim, eu o devoraria. E ele parecia gostar da ideia de ser devorado por mim. Não é preciso dizer que a paz que eu sentia ao lado dele logo evoluiu para atração. Mas, aí, veio o desassossego, que poderia ser traduzido assim: vontade de dar para ele *versus* culpa por desejar outro homem e chegar às vias de fato.

Trair o meu marido?

Jesus, seria apenas mais confusão para minha cabeça!

Mas como o diabo não dá trégua, quando eu estava com o Nicolas, eu me esquecia de tudo e me permitia ser feliz.

A ideia foi dele e começou como brincadeira: dizer que éramos primos. Assim, apesar da enorme diferença entre nossos biótipos – eu, mulata, ele, branco como um papel e com cabelo loiro com uns fios levemente dourados –, nos tornamos primos por parte da minha mãe, que era a branca da minha casa.

Quando nos encontrávamos na academia, nós nos cumprimentávamos com um abraço longo e cheio de mútuo desejo. Ninguém via nada de suspeito entre nós, afinal, éramos primos. Chegávamos a inventar histórias sobre nossa família. Foram dias muito divertidos.

O álibi era perfeito!

Em uma quinta-feira, quando cheguei na academia, junto com o abraço veio uma confissão, dita baixinho no meu ouvido: "eu quero você!"

Estremeci e não pensei duas vezes.

Marcamos para o dia seguinte; nós nos encontraríamos durante o apagão do Augusto. Assim foi feito. Não perdi tempo com altas produções; assim que meu marido adormeceu, tirei toda minha roupa, vesti um sobretudo leve, coloquei um sapato alto e saí com meu próprio carro para encontrá-lo em um hotel.

Ele já estava me esperando. No elevador, a cada andar deixado para trás, minha ansiedade ia aumentando. Bati na porta do quarto 1113, já com o coração pulando para fora da boca.

Ele me puxou para dentro do quarto pelas pontas do cinto do sobretudo. Primeiro, roçou sua face pela minha. A barba fininha e macia deslizou pela minha pele. Fechei os olhos e senti o mundo rodar. Ele me cheirou e me lambeu. Depois, enquanto soltava o cinto, beijava meu rosto de leve. O sobretudo escorregou para o chão. Um espelho capturava o encontro bicolor das nossas peles. Ele segurou meu rosto com as duas mãos e me beijou. A língua dele deslizou e preencheu a minha boca. Suguei com desejo. As mãos dele acariciaram meu corpo e se detiveram no glúteo. Ele apertou e me puxou com força contra ele.

Beijamos o pescoço um do outro, o peito... Eu me ajoelhei, lambi o pênis, senti o líquido salgado da lubrificação pingar na minha língua. Suguei e mordi enquanto ele assistia pelo espelho. Bati o pau dele no meu rosto e o coloquei entre os meus seios. Chupei a ponta enquanto minha mão, mais abaixo, fazia movimentos para cima e para baixo, ora rápido, ora devagar. Fiz o diabo com aquele pau na minha boca. Depois, ele me levou para perto da cama, apoiei as mãos no colchão, inclinei o tronco para frente e empinei a bunda. Minha vagina estava molhada, pronta para receber o pau dele. E, aqui entre nós, que rapaz bem-dotado!

Vivi horas no paraíso. Às quatro horas da manhã, voltei para casa. Abri a porta do quarto com ansiedade. Para dizer a verdade, eu tive medo. Mas estava tudo certo, Augusto continuava apagado!

Não aguentamos esperar a sexta-feira seguinte, e nos encontramos no meio da semana. Houve semanas em que nos vimos três vezes. Cada encontro revelava mais das nossas taras. Não havia limites: posições, brinquedos, fetiches e quantidade, tudo liberado. Qualquer hora, qualquer dia, bastava que ambos pudessem e lá estaríamos nós dois.

Entrei em um estado emocional ímpar: felicidade e infelicidade andando lado a lado. Mas um dia esse sentimento ambíguo teve seu ápice.

Logo cedo em uma sexta-feira, meu marido acordou cuspindo fogo. Naquela manhã, eu também não estava fácil. Muito provavelmente por culpa da tal TPM, porque, desde o dia anterior, mesmo depois de ter devorado uma caixa de chocolate, eu não havia me acalmado. O que eu precisava mesmo era brigar com alguém e colocar para fora toda a minha fúria hormonal. O Augusto e o seu mau humor me jogaram no ringue.

Diferentemente das outras ocasiões em que ele me tratava como um ser de segunda classe e eu, mesmo estando em cólera, ignorava e o deixava falando sozinho, naquele dia, revidei.

Tudo começou quando eu disse que não queria viajar com um casal de amigos dele. Eu já tinha tido o desprazer de passar um feriadão na companhia deles e jurei não repetir a dose. O casal era a própria treva! Esnobes, arrogantes e, apesar de se julgarem tão finos, discutiam sobre tudo, inclusive dramas pessoais, na nossa frente. Um constrangimento arretado!

Bastou! Com ironia e deboche, ele disparou sua artilharia verbal.

— Ah, sem dúvida meus amigos não são bons o suficiente para você! Gente fina é aquela que mora naquele buraco de onde eu tirei você!

— Preste bem atenção, seu traste, a partir de hoje você nunca mais vai falar assim comigo. E não ouse insultar meus amigos. Eu posso garantir que nenhum deles é perfeito, mas perto de você poderiam ser beatificados.

Ele avançou sobre mim e me sacudiu, segurando meus braços com firmeza. Eu levantei a cabeça e falei lentamente:

— Tire suas mãos de mim já. Não se atreva a repetir os erros do seu pai.

Ele me olhou com surpresa e deu um passo para trás. Eu arrematei.

— Ou você pensa que eu não sei que ele era um covarde que batia em mulher?

— Você está ficando louca!

— Louco está você se pensa que pode tocar em mim. Cuidado, Augusto, muito cuidado. — Ele ficou quieto, não disfarçando a surpresa. Eu continuei: — Sabe qual é a vantagem de ter vivido em um buraco, como você chamou a minha casa? — Não esperei que ele respondesse. — É não me intimidar com um bosta como você. Um bosta metido a machão, que acha que pode bater em uma mulher.

Falando grosso, ele caminhou rápido em direção à porta.

— Não pense que essa conversa acabou.

Eu sorri.

— Não vejo a hora de continuarmos.

Ele saiu batendo a porta e eu fiquei tremendo, também surpresa com a minha reação.

Apesar de ter respondido às provocações dele à altura, eu não estava satisfeita! Eu queria mais! Eu ia me vingar. Eu só precisava descobrir como.

Será que tudo aquilo era por causa da TPM? Ou era apenas a minha desculpa verdadeira?

Não demorou para que uma ideia brilhante iluminasse o meu cérebro, o que me deixou em estado de felicidade extrema.

Segui o meu dia como se nada tivesse acontecido. Como era sexta-feira, era só esperar que ele apagasse para colocar o meu plano em andamento.

No fim do dia, no entanto, fiquei ansiosa pensando em como estaria o seu humor quando ele chegasse em casa. *Será que ele vai querer voltar à discussão, como havia prometido?*, pensei.

Bom, tudo bem, desde que, depois, ele seguisse o ritual de bebida e bolinhas.

Escutei quando ele abriu a porta.

Valha-me Deus, o encosto chegou!

Para minha sorte, meu marido estava um anjo. Um anjo trazendo flores e presente. Raramente ele pedia desculpas. A sua maneira de tentar se redimir era mediante algum mimo ou promessas: nós passaríamos mais tempo juntos, ele não me deixaria mais jantar sozinha, como acontecia com frequência, e tantas outras... Naturalmente que as promessas eram esquecidas no mesmo momento em que eram feitas.

Agradeci os presentes.

Saímos para jantar. Enquanto comíamos, comecei a ficar preocupada.

Será que ele não vai tomar o coquetel apagão?

Quando voltamos para casa, ele estava cheio de amor para dar, mas eu me esquivei. Ele continuou um anjo e não insistiu.

Ufa, escapei!

Que fique registrado: se eu não tivesse planos para aquela noite, eu provavelmente teria me lançado na cama com ele. Menos para ter um orgasmo, mais para deixar claro que não importava o quanto ele se julgava um ser superior, o poder estava mesmo era comigo! Sexo é isso: um dos meios mais avassaladores de poder. Gostem ou não dessa teoria, não há o que fazer.

Mas querem saber de uma coisa? Eu estava pensando bobagens demais para um único dia!

A hora do apagão chegou e lá estava meu marido todo esticado na cama. Eu já havia adiantado para o Nicolas que teríamos planos diferentes: eu não o encontraria no hotel nem na casa dele.

Certifiquei-me de que o Augusto dormia como um capeta – não dá para dizer que dormia como um anjo, né? – e liguei para o meu amante, que estava aguardando minhas instruções.

— Nicolas, estou esperando você aqui em casa.

Ele respondeu com sorriso na voz:

— Como assim? O Augusto não está em casa?

— Ele está apagado. Estou mandando o endereço completo por mensagem. Vem logo!

Exatamente meia-noite e meia, ele entrou em casa. Eu abri a porta completamente nua. Ele estava meio titubeante, eu tirei a roupa dele e, para ele relaxar, ajoelhei-me. Comecei só passando a ponta da língua no pênis dele. Foi o suficiente para ele entrar no clima. Segurei-o pela mão e o levei para o quarto. A reação dele foi engraçada! Ele arregalou os olhos e deu um sorriso nervoso.

—Você está de brincadeira comigo! Tem certeza de que ele não acorda?

— Você verá com os seus próprios olhos.

— Caramba, parece que ele está sedado com anestesia geral. Deve ser a mesma droga que o Michael Jackson usava ou coisa pior!

Brinquei com ele:

— Você veio aqui só para conversar?

Ele sorriu e começamos a nos beijar. Quando eu o puxei para cama, ele já estava convencido de que nada faria o Augusto despertar. E assim foi, nem mesmo a trepada mais espetacular da minha vida fez com que ele se mexesse. Acho que o contexto contou muito, porque não havia precedente para o tesão que eu senti e para o número de vezes que eu gozei. Completei a noite tirando uma foto de nós três na cama.

O Nicolas também não passou vontade. Gozou dentro de mim como um cavalo. Para dizer a verdade, eu tive dúvida de que ele conseguisse manter a ereção e ir até o fim diante daquele cenário. Mas ele não amarelou.

Tudo certo, eu estava vingada!

Depois que ele foi embora, voltei para cama. Eu estava exausta em todos os sentidos. Aquele foi um dia, ou melhor, uma noite para nunca mais ser esquecida.

Na sexta-feira seguinte, não me encontrei com o Nicolas. Eu tinha outros planos. Enquanto o Augusto dormia, abri um vinho dele, um dos muitos que ele tinha. Segundo ele, que era colecionador, havia no máximo dez garrafas daquela no mundo. O diacho do vinho não tinha preço. Achei que era apropriado para aquela noite: uma bebida com pedigree.

Coloquei música clássica, que era o que melhor combinava com o vinho e as circunstâncias. Peguei algumas malas e coloquei minhas roupas dentro. Durante a semana, sem que ele notasse, eu já havia levado a maioria das minhas coisas para a casa dos meus pais. Juntei as joias que ele me deu e coloquei sobre uma mesinha do quarto com uma carta breve, mas que explicava tudo.

Augusto, por favor, peça para o seu advogado cuidar da nossa separação. Importante: eu não quero nada do que é seu. Um último pedido: por favor, se esforce para ter uma vida feliz!
Adriana.

Ele não aceitou bem a minha decisão, mas era orgulhoso demais para rastejar, embora tenha chegado muito perto disso.

Apesar de ter gostado de tudo o que o dinheiro havia me proporcionado ao lado dele, graças ao bom Deus eu não havia me tornado escrava. Talvez se aquela decisão tivesse sido tomada anos depois, poderia ter sido tarde. Quem sabe eu teria me tornado refém do luxo e do sexo avassalador que existia entre nós. Eu não posso negar, ele era um perfeito exemplar do pênis cinco estrelas. Montado sobre mim, eu enlouquecia.

Quem sabe um dia eu seja capaz de entender o que aqueles quase dois anos ao lado do Augusto representaram. Como repercutiram em mim.

De toda forma, tudo aquilo era passado. Eu tinha acabado de fazer 29 anos, nada melhor do que ter um futuro inteiro pela frente e coragem! Naquele mesmo ano, prestei vestibular e fui aprovada para o curso de Direito da USP.

Eu estava de volta à vilinha, onde o "era uma vez" havia começado. Que maravilha era poder, a partir dali, escrever uma nova história, um novo "*the end*"!

Até a próxima!

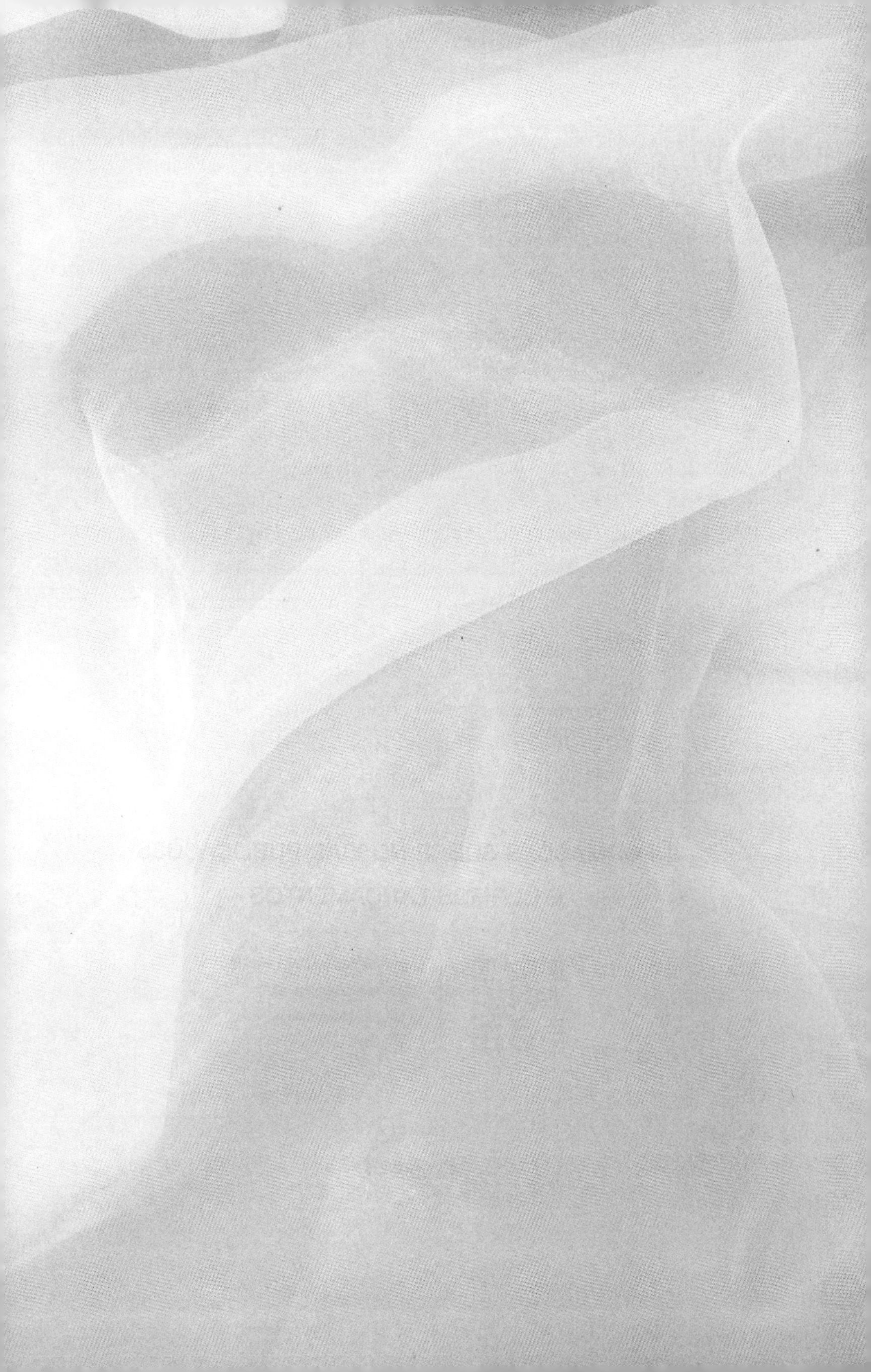